Learn Esperanto with Vacation in Munich

Esperanto A2 Reader

Brian Smith

Copyright 2024

1. Diskuto pri Ferioj

John kaj Joan sidas ĉe sia kuireja tablo kun tekokomputilo, vojaĝgvidlibroj, kaj taso da kafo. Ili planas sian ferion.

John demandas: "Joan, kien ni iru ferii ĉi-jare?"

Joan respondas: "Mi aŭdis, ke Munkeno estas bela. Kion vi pensas pri tio?"

John diras: "Munkeno? Tio sonas interese. Ni serĉu informojn interrete."

Ili kune serĉas informojn pri Munkeno kaj trovas bildojn de Marienplatz, la Angla Ĝardeno, kaj Neŭŝvajnŝtejno.

Joan rimarkas: "Munkeno vere aspektas bele. Kiam estas la plej bona tempo por vojaĝi tien?"

John trovas en retejo: "La somero estas ideala. Estas multaj festivaloj kaj la vetero estas bona."

Joan konsentas: "Bone, ni iru somere. Nun ni devas trovi flugojn."

Ili rigardas diversajn vojaĝretejojn por flugprezoj.

John konstatas: "Estas multaj flugoj, sed la prezoj varias. Kiun ni prenu?"

Joan sugestas: "Ĉi tiu flugo ĉi tie havas bonan prezon kaj bonajn flugtempojn. Kion vi pensas?"

John respondas: "Jes, tio aspektas bone. Nun ni devas rezervi hotelon. Ĉu ni preferas hotelon en la urbocentro aŭ iom ekstere?"

Joan decidas: "Hotelo en la urbocentro estas pli bona. Tiam ni povas iri piede ĉien."

Ili elektas belan hotelon proksime de Marienplatz.

John diras: "Nun, kiam ni havas la hotelon, ni devus plani nian vojaĝplanon por Munkeno."

Joan aldonas: "Jes, ni devus fari liston de lokoj, kiujn ni volas viziti."

Ili kreas liston de vidindaĵoj kiel la Germana Muzeo, Viktualienmarkt, kaj la Olimpika Parko.

John rimarkas: "Ni ankaŭ devus lerni kelkajn bazajn germanajn frazojn. Ĝi estos utila."

Joan konsentas: "Bona ideo. 'Guten Tag' signifas 'Bonan tagon', 'Danke' signifas 'Dankon', kaj 'Wo ist die Toilette?' estas ankaŭ utila."

John pripensas: "Ni ankaŭ devas fiksi nian buĝeton por la vojaĝo. Kiom ni volas elspezi?"

Joan sugestas: "Ni devus plani buĝeton por manĝaĵo, suveniroj, kaj enirbiletoj por vidindaĵoj."

John diras: "Bone, mi nun rezervos la flugbiletojn interrete."

John rezervas la flugbiletojn kaj Joan konfirmas la hotelrezervon.

Joan diras: "Mi komencos paki. Ni bezonas niajn pasportojn, vestojn, kaj komprenble niajn fotilojn."

John aldonas: "Ni ankaŭ devus akiri vojaĝasekuron, nur por esti sekura."

Joan esprimas eksciton: "Jes, tio estas bona ideo. Mi estas tiel ekscitita vidi Munkenon!"

John dividas ŝian eksciton: "Mi ankaŭ! Mi legis pri la bavara kulturo kaj historio. Estos fascine vidi ĉion persone."

Ili pasigas la reston de la vespero diskutante siajn atendojn kaj antaŭĝojante sian baldaŭan vojaĝon al Munkeno.

1. diskuto - discussion
2. ferioj - holidays
3. kuireja tablo - kitchen table
4. tekokomputilo - laptop
5. vojaĝgvidlibroj - travel guides
6. serĉi - to search
7. vidindaĵoj - sights (places of interest)

8. buĝeto - budget
9. flugprezoj - flight prices
10. rezervi - to reserve
11. urbocentro - city center
12. vojaĝplano - travel plan
13. suveniroj - souvenirs
14. vojaĝasekuro - travel insurance
15. ekscito - excitement

La Historio de Munkeno: Vojaĝo tra la Tempo

Munkeno, la ĉefurbo de Bavario, estas urbo kun riĉa kaj diversa historio. De ĝia fondiĝo en la mezepoko ĝis la moderna metropolo de hodiaŭ, Munkeno travivis multajn historiajn eventojn, kiuj formis la urbon.

La Komencoj kaj la Mezepoko

La historio de Munkeno komenciĝas en la 12a jarcento. La urbo unue estis menciita en 1158, kiam Henriko la Leono, Duko de Bavario, konstruigis ponton super la rivero Izaro kaj translokigis la merkaton proksimen. Tio estas konsiderata kiel la naskiĝo de Munkeno. La urbo rapide disvolviĝis al grava komerca centro.

En la mezepoko, Munkeno spertis floradon. En 1255, la urbo fariĝis la loĝloko de la Wittelsbach-dinastio, kiu regis Bavarion. Dum tiu periodo, multaj preĝejoj kaj monaĥejoj estis konstruitaj, inkluzive de la fama simbolo de Munkeno, la Frauenkirche, kies konstruado komenciĝis en la 15a jarcento.

La Renesanco kaj la Epoko de Klerismo

Dum la Renesanco, Munkeno fariĝis centro de arto kaj kulturo. Duko Albreĥto la 5-a kolektis librojn kaj artaĵojn, kiuj hodiaŭ ankoraŭ videblas en la Bavara Ŝtata Biblioteko kaj la Pinakotekoj. En la 17a kaj 18a jarcentoj, la urbo spertis fazon de intensa kresko kaj kultura disvolviĝo sub la regado de Maksimiliano Emanuelo kaj Karolo Albreĥto.

La 19a Jarcento kaj la Industria Revolucio

En la 19a jarcento, Munkeno iĝis grava centro de la germana romantismo. Artistoj kaj verkistoj kiel Ludoviko la 1-a kaj Leo von Klenze influis la kulturan scenon de la urbo. Kun la Industria Revolucio, la urbobildo de Munkeno denove ŝanĝiĝis. Novaj fabrikoj estis konstruitaj, kaj la loĝantaro rapide kreskis.

La 20a Jarcento: Du Mondmilitoj kaj Rekonstruo

La 20a jarcento estis tempo de grandaj defioj por Munkeno. La urbo ludis centran rolon dum la du mondmilitoj. Post la Unua Mondmilito, Munkeno mallongtempe fariĝis la ĉefurbo de la Bavara Soveta Respubliko, socialisma respubliko. Dum la Dua Mondmilito, la urbo suferis gravajn damaĝojn pro bombatakoj. Post la milito, Munkeno estis rekonstruita kaj evoluis al unu el la ĉefaj ekonomiaj kaj kulturaj metropoloj de Germanio.

Munkeno Hodiaŭ

Hodiaŭ, Munkeno estas vigla urbo, kiu konservis siajn historiajn radikojn dum ĝi samtempe estas moderna kaj malfermita metropolo. La urbo estas konata pro sia arkitekturo, kulturo, la Oktoberfesto, kaj sia vivkvalito. Munkeno ankaŭ estas centro por edukado kaj scienco, kun renomaj universitatoj kaj esplorinstitutoj.

La historio de Munkeno estas rakonto pri kresko, ŝanĝo kaj eltenemo. De siaj modestaj komencoj kiel mezepoka merkato ĝis la floranta moderna urbo, kiu ĝi estas hodiaŭ, Munkeno havas unikan kaj fascinan historion, kiu allogas vizitantojn el la tuta mondo.

1. ĉefurbo - capital
2. diversa - diverse
3. mezepoko - Middle Ages
4. fondiĝo - founding
5. historiajn eventojn - historical events
6. floradon - flourishing
7. preĝejoj - churches

8. monaĥejoj - monasteries
9. Renesanco - Renaissance
10. kultura disvolviĝo - cultural development
11. romantismo - Romanticism
12. Industria Revolucio - Industrial Revolution
13. loĝantaro - population
14. rekonstruita - rebuilt
15. vivkvalito - quality of life

2. La Vojaĝo

Estas frua mateno. John kaj Joan starigis siajn vekhorloĝojn por ne maltrafi sian flugon.

Joan diras: "John, vekiĝu! Ni devas kontroli nian flugon kaj poste iri al la flughaveno."

John respondas: "Bone, mi jam vekiĝis. Ni rapidu pretiĝi."

Ili kontrolas la flugplanon. Ĉio estas laŭ horaro. Ili prenas taksion al la flughaveno.

La taksisto demandas: "Bonan matenon! Ĉu al la flughaveno, bonvolu?"

John konfirmas: "Jes, bonvolu. Ni havas fruan flugon."

Alveninte al la flughaveno, ili iras al la registriĝkabano.

La flughavena oficisto petas: "Bonan matenon, viajn pasportojn, bonvolu."

Joan transdonas ilin: "Jen ili estas."

Post la registriĝo, ili iras al la sekureckontrolo.

La sekurecoficiro instruas: "Bonvolu meti viajn sakojn sur la bendo kaj iri tra la skanilo."

John dankas: "Bone, dankon."

Joan iom nervoziĝas ĉe la pasportkontrolo.

La enmigrada oficiro demandas: "Kio estas la celo de via vizito?"

Joan respondas: "Turismo. Ni vizitas Munkenon."

La oficiro deziras: "Ĝuu vian restadon."

Alveninte al la atendejo de sia elirejo, la paro atendas por eniri la aviadilon.

Joan esprimas sian ekscitecon: "Mi estas tiel ekscitita. Nia unua fojo en Germanio!"

La enŝipiĝo komenciĝas, kaj ili trovas siajn sidlokojn en la aviadilo.

John ĝojas: "Mi havas fenestran sidlokon. Perfekte por la vido!"

Dum la flugo, manĝaĵo estas servita.

La stevardino demandas: "Ĉu vi volas kokino aŭ pasto?"

John mendas: "Mi prenos kokino, bonvolu. Kaj Joan prenos paston."

Post la manĝo, Joan provas paroli germane kun la flugkompaniano.

Joan petas: "Pardonon, ĉu vi povus alporti al mi akvon, bonvolu?"

La stevardino donas al ŝi la akvon: "Kompreneble, jen bonvolu."

La aviadilo alvenas en Munkeno. Ili estas ekscititaj esti en nova urbo.

John anoncas: "Ni estas en Munkeno!"

Post alveno, ili iras tra la pasportkontrolo en Munkeno.

La pasportkontrola oficiro bonvenigas ilin: "Bonvenon en Munkeno. Viajn pasportojn, bonvolu."

Ili prenas sian pakaĵon de la pakaĵbendo.

Joan trovas sian valizon: "Jen nia valizo."

Ĉe la flughaveno, ili ŝanĝas monon.

John proponas: "Ni bezonas eŭrojn. Ni ŝanĝu monon ĉi tie."

Ili estas ekscititaj esti en nova lando.

Joan apenaŭ povas kredi ĝin: "Mi ne povas kredi, ke ni vere estas ĉi tie!"

Ili faras siajn unuajn impresojn de la Munkena flughaveno.

John rimarkas: "Ĉi tiu flughaveno estas tiel moderna kaj pura."

Joan konsentas: "Jes, kaj la homoj ĉi tie ŝajnas tre amikaj."

Ili forlasas la flughavenon, preta komenci siajn aventurojn en Munkeno.

1. vekhorloĝo - alarm clock
2. flugplano - flight schedule
3. taksio - taxi
4. registriĝkabano - check-in counter
5. sekureckontrolo - security check
6. skanilo - scanner
7. pasportkontrolo - passport control
8. enmigrada oficiro - immigration officer
9. atendejo - waiting area
10. enŝipiĝo - boarding
11. sidloko - seat
12. stevardino - stewardess
13. pakaĵbendo - baggage carousel
14. ŝanĝi monon - exchange money
15. aventuroj - adventures

La Historio de Bavario: Rigardo en la Koron de Suda Germanio

Bavario, la plej granda federacia lando de Germanio, havas riĉan kaj diversan historian fonon, kiu etendas sin reen al la antikva tempo. Ĉi tiu historio estas karakterizita per kultura diverseco, politikaj ŝanĝoj kaj forta regiona konscio.

Frua Historio kaj la Duklando Bavario

La unuaj setlejoj en Bavario estis fonditaj de la Keltaj popoloj, antaŭ ol la teritorio fariĝis parto de la Romia Imperio en la 1-a jarcento p.K. Post la falo de la Romia Imperio, la regiono estis loĝita de diversaj ĝermanaj triboj.

En la 6-a jarcento, la Duklando Bavario formiĝis, kiu daŭrus plurajn jarcentojn. Dum ĉi tiu periodo, Bavario estis kristanigita, kaj la unuaj monaĥejoj estis establitaj kiel centroj de kredo kaj edukado.

Bavario sub la Wittelsbach'oj

En la 12-a jarcento, la influhava familio de Wittelsbach'oj venis al potenco, kiu regus Bavariojn ĝis la fino de la Unua Mondmilito. Sub ilia regado, Bavario spertis tempon de kresko kaj kultura florado. Munkeno fariĝis la ĉefurbo de la Duklando Bavario, kaj la Wittelsbach'oj subtenis la artojn kaj sciencojn.

La Reĝlando Bavario kaj la Napoleona Epoko

En 1806, Bavario fariĝis reĝlando. Reĝo Maksimiliano la 1-a Jozefo efektivigis gravajn reformojn kaj modernigis la ŝtaton. Dum la napoleonaj militoj, Bavario estis aliancano de Napoleono, kio kondukis al teritoriaj ŝanĝoj kaj politikaj renversiĝoj.

Bavario en la 19-a kaj 20-a Jarcento

En la 19-a jarcento, Bavario fariĝis centro de germana kaj eŭropa politiko. La industria revolucio alportis ekonomian ŝanĝon, kaj Munkeno evoluis al grava kultura centro.

Post la Unua Mondmilito, Bavario fariĝis parto de la Vajmara Respubliko. La tempo post la milito estis markita de politika malstabileco, kaj Munkeno fariĝis la scenejo de la malsukcesa puĉo de Hitler en 1923.

Dum la Dua Mondmilito, Bavario suferis gravajn detruojn, precipe en la urboj. Post la milito, Bavario estis parto de la Usona Okupacia Zono kaj fariĝis federacia lando de la Federacia Respubliko de Germanio en 1949.

Bavario en la Postmilita Tempo

En la postmilita periodo, Bavario spertis ekonomian prosperon kaj fariĝis unu el la plej riĉaj kaj progresintaj federaciaj landoj de Germanio. La konservado de bavaraj kulturo kaj tradicioj ludas gravan rolon en la publika vivo ĝis hodiaŭ.

Konkludo

La historio de Bavario estas rakonto pri ŝanĝo kaj kontinueco. De la unuaj keltecaj setlejoj tra la regado de la Wittelsbach'oj ĝis la moderna federacia lando, Bavario reflektas la historion de

Germanio. Ĝiaj kulturaj tradicioj, regiona konscio, kaj ekonomia forto faras Bavariojn unikan kaj gravan parton de Germanio.

1. federacia lando - federal state
2. historian fonon - historical background
3. kultura diverseco - cultural diversity
4. politikaj ŝanĝoj - political changes
5. regiona konscio - regional consciousness
6. Duklando - Duchy
7. kristanigita - Christianized
8. monaĥejoj - monasteries
9. florado - flourishing
10. aliancano - ally
11. teritoriaj ŝanĝoj - territorial changes
12. industria revolucio - Industrial Revolution
13. politika malstabileco - political instability
14. okupacia zono - occupation zone
15. ekonomia prospero - economic prosperity

3. De la Flughaveno al la Hotelo

John kaj Joan staras en la Munkena Flughaveno kaj serĉas la vojon al la naveta buso.

John demandas: "Kie estas la naveta buso al la hotelo? Ni devus rigardi la informtabulojn."

Joan respondas: "Jes, ni rigardu. Ah, tie estas la busoj. Ni devas preni buson numeron 5."

Ili eniras la navetan buson kaj sidas ĉe fenestro.

Joan diras entuziasme: "Rigardu, John! Oni povas vidi la urbon. Aspektas tiel bele."

John konsentas: "Jes, la konstruaĵoj estas tre malnovaj kaj belaj. Mi apenaŭ povas atendi esplori ĉion."

Post iom da tempo, ili alvenas al la hotelo, kiu aspektas impona.

John rimarkas: "La hotelo estas pli granda ol mi atendis. Aspektas tre elegante."

Joan proponas: "Ni registriĝu. Mi esperas, ke mia germano estas sufiĉe bona."

Ĉe la ricevejo, Joan provas paroli germane.

Joan diras: "Bonan tagon. Ni havas rezervon sub la nomo Smith."

La hotelanstataŭanto respondas: "Bonan tagon. Jes, mi vidas vian rezervon. Bonvolu plenigi ĉi tiun formularon."

Ili plenigas la formularon kaj ricevas siajn ĉambroŝlosilojn.

La hotelanstataŭanto instruas ilin: "Jen viaj ŝlosiloj. Via ĉambro estas en la tria etaĝo."

Ili trovas sian ĉambron kaj rigardas ĝin.

John estas imponita: "La ĉambro estas tre bela kaj granda. Kaj la vido! Rigardu la vidon!"

Joan aldonas: "Jes, kaj la lito aspektas tre komforta. Ni malpaku."

Post kiam ili malpakis, ili refreŝigas sin.

Joan diras reliefigite: "Mi nun sentas min multe pli bone. Duŝo post longa flugo estas la plej bona."

John konsentas: "Jes, mi ankaŭ. Ni iom ripozu en la ĉambro."

Ili ripozas iom en la ĉambro.

John proponas: "Ĉu ni poste esploru la hotelon? Mi volas scii, ĉu estas naĝejo aŭ gimnastikejo."

Joan konsentas: "Bona ideo. Ni vidu, kio estas ĉi tie."

Ili rigardas sur mapo kaj en broŝuroj, kiuj troviĝas en la hotelĉambro.

Joan pripensas: "Estas multaj lokoj, kiujn ni povas viziti. Kion vi volas fari ĉi-vespere?"

John proponas: "Eble ni povus iri en la urbon kaj manĝi ion."

Joan konsentas: "Jes, ni faru tion. Sed unue ni esploru iom la ĉirkaŭaĵon de la hotelo."

Ili eliras esplori la proksimajn areojn.

John rimarkas: "Rigardu ĉi tiujn stratojn! Ili estas tiel malsamaj ol hejme."

Joan diras entuziasme: "Jes, ĉio ĉi tie estas tiel nova kaj ekscita. Mi antaŭĝojas nian tempon en Munkeno."

Ili pasigas la reston de la tago esplorante la areon kaj planante por la sekva tago.

1. naveta buso - shuttle bus
2. informtabuloj - information boards
3. fenestro - window
4. konstruaĵoj - buildings
5. impona - impressive
6. registriĝu - let's check in
7. ricevejo - reception
8. hotelanstataŭanto - hotel clerk

9. formularon - form
10. ĉambroŝlosilojn - room keys
11. etaĝo - floor (as in a building)
12. refreŝigas sin - freshen up
13. duŝo - shower
14. naĝejo - swimming pool
15. gimnastikejo - gym

La Wittelsbach'oj: Dinastio Formas Bavario

La historio de la Wittelsbach'oj, unu el la plej malnovaj nobelaj familioj de Eŭropo, estas profunde ligitaj kun la historio de Bavario kaj la germana historio. Dum jarcentoj, ili kiel regantoj formis la politikan, kulturan kaj socian pejzaĝon de Bavario kaj lasis riĉan heredaĵon.

Originoj kaj Ascendo de la Wittelsbach'oj

La dinastio de la Wittelsbach'oj komenciĝis kun la nomumo de Grafo Otto de Wittelsbach al Duko de Bavario en la jaro 1180. Ĉi tio markis la komencan de regado, kiu daŭrus pli ol sep jarcentojn. La Wittelsbach'oj pligrandigis sian potencon per lerta geedziĝpolitiko kaj diplomatiaj aliancoj, fariĝante unu el la plej potencaj familioj en la Sankta Romia Imperio.

Flora Epoko sub la Wittelsbach'oj

La Wittelsbach'oj estis gravaj subtenantoj de la artoj kaj sciencoj. Ili konstruis grandiozajn kastelojn kaj rezidejojn kaj altiris artistojn, muzikistojn kaj eruditojn al siaj kortegoj. Sub ilia regado, la kultura vivo en Bavario floris.

Elstara reprezentanto de ĉi tiu dinastio estis Ludoviko la 1-a, konata kiel granda amanto de la arto. Li estis respondeca por la konstruado de multaj monumentaj konstruaĵoj en Munkeno, inkluzive de la Ludwigstrasse, la Glyptoteko kaj la Malnova Pinakoteko. Lia pasio por la arto daŭre formis la urbpejzaĝon de Munkeno.

La Wittelsbach'oj kaj la Germana Historio

La Wittelsbach'oj ankaŭ ludis signifan rolon en la germana historio. Ili estis reĝoj de Bavario, Palatino-Grafoj ĉe Rejno kaj Dukoj en aliaj partoj de la imperio. Per la edziĝo de la nepino de Ludoviko la 1-a, Elizabeto, pli bone konata kiel Sisi, al Imperiestro Francisko Jozefo la 1-a, la Wittelsbach'oj eĉ estis indirekte ligitaj kun la aŭstria imperia domo.

La Fino de la Wittelsbach'a Regado

La regado de la Wittelsbach'oj finiĝis kun la ekiĝo de la Unua Mondmilito kaj la kolapso de la monarĥioj en Germanio. Reĝo Ludoviko la 3-a estis la lasta Wittelsbach sur la bavara trono. Post la milito, Bavario fariĝis libera ŝtato ene de la Vajmara Respubliko, kaj la epoko de la Wittelsbach'oj kiel regantoj finiĝis.

La Heredaĵo de la Wittelsbach'oj

Malgraŭ la fino de ilia regado, la heredaĵo de la Wittelsbach'oj en Bavario restas videbla ĝis hodiaŭ. Iliaj kasteloj kaj kolektoj estas gravaj turistaj atrakcioj kaj atestantoj de ilia iamaj povo kaj kultura influo. La Wittelsbach'oj grave kontribuis al fari Bavario centron de arto kaj kulturo en Eŭropo.

Konkludo

La historio de la Wittelsbach'oj estas fascina ĉapitro en la germana kaj bavara historio. Ilia jarcent-longa regado formis la landon kulture, politike kaj socie. La kasteloj kaj artoverkoj, kiujn ili lasis, hodiaŭ estas vivantaj atestantoj de ilia heredaĵo kaj helpas daŭrigi la historion de la Wittelsbach'oj.

1. nobelaj - noble
2. heredaĵon - legacy
3. nomumo - appointment
4. geedziĝpolitiko - marriage policy
5. diplomatiaj aliancoj - diplomatic alliances
6. subtenantoj - patrons
7. kastelojn - castles

8. rezidejojn - residences
9. kortegoj - courts (as in royal)
10. monumentaj - monumental
11. Palatino-Grafoj - Counts Palatine
12. monarĥioj - monarchies
13. libera ŝtato - free state
14. turistaj atrakcioj - tourist attractions
15. kultura influo - cultural influence

4. Vizito al la Marienplatz

John kaj Joan komencis sian tagon en Munkeno plene de ekscito. Post riĉa matenmanĝo en la hotelo, ili ekiris al la metrostacio. Ili estis fascinitaj de la efikeco kaj pureco de la Munkena metro-sistemo. "Rigardu, ĉi tie diras, ke ni devas preni la U3 por iri al Marienplatz," rimarkis Joan, montrante al la horaro. John kapjesis konsente kaj ili eniris la sekvan trajnon.

Kiam ili alvenis al Marienplatz, ili tuj estis superfortitaj de la majesta aspekto de la Nova Urbodomo. Ili apenaŭ povis turni siajn okulojn for de la impona fasado. Precize je la 11a horo por la kariljono, ili poziciiĝis por bona vido. La moviĝantaj figuroj kaj la melodioj de la kariljono ensorĉis ilin.

Poste, ili flanis tra la stratoj al la Viktualienmarkt, kolora kaj vigla loko. John estis impresita de la diverseco de freŝaj produktoj kaj lokaj delikataĵoj. Ili decidis provi kelkajn bavarajn specialaĵojn. "Ĉi tio gustas bonege!" diris Joan, mordante en krustan bretzelon. John provis pecon de Weißwurst kaj kapjesis entuziasme.

Ilia sekva halto estis la Sankta Petro-Kirko. Ili admiris la internan belecon de la kirko kaj Joan ekbruligis kandelon. Ili ĝuis la trankvilon kaj sentis sin tuŝitaj de la spirita atmosfero.

Serĉante suvenirojn, ili trovis malgrandan butikon kun manfaritaj bavaraj varoj. Joan elektis kelkajn poŝtkartojn kaj manfaritan juvelaĵon, dum John elektis modelon de la Nova Urbodomo.

Ili faris paŭzon en komforta kafejo ĉe la placo. Dum ili ĝuis sian kafon, ili observis la okupatan ĉirkaŭaĵon. John proponis lerni pli pri la historio de Munkeno, do ili vizitis la proksiman urban muzeon.

Post la muzea vizito, ili profitis la okazon foti la arkitekturon de Marienplatz. Ĉiu konstruaĵo ŝajnis rakonti sian propran historion.

Sekve, la Ludil-Muzeo estis en la programo. La kolekto de historiaj ludiloj fascinis ilin kaj vekis infanajn memorojn.

La tago estis alproksimiĝanta al sia fino, kiam ili flanis tra la malnovaj stratoj ĉirkaŭ Marienplatz. Ili renkontis stratprezenton, kie ĵonglisto kaj muzikisto ĝojigis la spektantaron. John kaj Joan aliĝis al la spektantoj kaj aplaŭdis entuziasme.

Ĉar estis vintro, ili decidis fini la tagon per taso da varma glögvo. "Ĝi varmigas bone de interne," diris Joan ridetante, tenante la vaporantan tason en siaj manoj.

Fine, ili prepariĝis por la revojo al la hotelo. Ili estis lacaj, sed feliĉaj kaj plenaj de impresoj kaj spertoj de sia unua tago en Munkeno.

1. metro-sistemo - subway system
2. kariljono - carillon
3. fasado - facade
4. Viktualienmarkt - Viktualienmarkt (food market)
5. bretzelon - pretzel
6. Weißwurst - white sausage
7. Sankta Petro-Kirko - St. Peter's Church
8. spirita atmosfero - spiritual atmosphere
9. suvenirojn - souvenirs
10. manfaritan juvelaĵon - handmade jewelry
11. kafejo - café
12. urban muzeon - city museum
13. arkitekturon - architecture
14. Ludil-Muzeo - Toy Museum
15. glögvo - mulled wine

Marienplatz: La Koro de Munkeno

Marienplatz, la centra placo en Munkeno, estas la kerna pejzaĝo de la urbo dum jarcentoj. Ĉi tiu historia placo, kiu servis kiel merkato en la mezepoko, hodiaŭ estas populara renkontiĝejo por lokanoj kaj turistoj same.

La Historio de Marienplatz

La historio de Marienplatz datas reen al 1158, kiam Munkeno estis fondita. La placo origine konatiĝis kiel merkato kaj poste estis renomita al Marienplatz post la konstruo de la Maria Kolumno en 1638. La kolumno, kronita per ora statuo de la Virgulino Maria, estis starigita kiel signo de dankemo por la savo de Munkeno dum la Tridekjara Milito.

Arkitekturaj Elstaraĵoj

Unu el la arkitekturaj elstaraĵoj ĉe Marienplatz estas la Nova Urbodomo, impona konstruaĵo en neogotika stilo, konstruita fine de la 19a jarcento. La fasado de la Nova Urbodomo estas riĉe ornamita kaj gastigas la faman karilionon, kiu ludas ĉiutage je la 11a, 12a kaj 17a horoj, allogante multnombrajn spektantojn.

Kontraŭe al la Nova Urbodomo situas la Malnova Urbodomo, origine konstruita en la 15a jarcento kaj grave damaĝita dum la Dua Mondmilito. Ĝi estis rekonstruita en la 1950-aj jaroj en sia origina stilo.

Renkontiĝejo por Ĉiuj

Hodiaŭ, Marienplatz estas vibranta renkontiĝejo en Munkeno. Ĉirkaŭita de butikoj, kafejoj kaj restoracioj, ĝi estas la perfekta loko por observi la vivon en Munkeno. Diversaj eventoj okazas ĉi tie dum la tuta jaro, inkluzive de la fama Kristnaska Merkato vintre.

Transporta Kerno

Marienplatz ankaŭ estas centra transporta kerno en Munkeno. La metrostacio Marienplatz konektas plurajn liniojn kaj faciligas aliron al la placo. La stacio estas ankaŭ konata pro sia moderna arkitekturo kaj estas konsiderata kiel unu el la plej belaj metrostacioj en Munkeno.

Loko de Ripozo

Malgraŭ sia okupata atmosfero, Marienplatz ankaŭ estas loko de ripozo. Oni povas sidi sur unu el la multaj benkoj kaj lasi la historian ĉirkaŭaĵon impresi sin. La vido al la Nova Urbodomo kaj la agado sur la placo estas aparte bela en la fruaj vesperaj horoj.

Konkludo

Marienplatz estas pli ol nur placo; ĝi estas simbolo de la historio kaj kulturo de Munkeno. Ĉu oni admiras la arkitekturon, aŭskultas al la kariljono, aŭ simple ĝuas la urban agadon – Marienplatz ofertas ion por ĉiu kaj estas deviga vizito por ĉiu vizitanto al Munkeno. Ĝi enkorpigas la vivan historion de la urbo kaj restas ne-forgetebla parto de ĉiu Munkena sperto.

1. centra placo - central square
2. historia placo - historical square
3. Maria Kolumno - Marian Column
4. Tridekjara Milito - Thirty Years' War
5. neogotika stilo - Neo-Gothic style
6. karilionon - carillon
7. fasado - facade
8. Malnova Urbodomo - Old Town Hall
9. Kristnaska Merkato - Christmas Market
10. transporta kerno - transport hub
11. metrostacio - subway station
12. moderna arkitekturo - modern architecture
13. historian ĉirkaŭaĵon - historical surroundings
14. urban agadon - urban activity
15. viva historio - living history

5. Esplorado de la Angla Ĝardeno

En sia dua tago en Munkeno, John kaj Joan decidis esplori la Anglan Ĝardenon. Jam frue matene, ili preparis piknikon. Joan pakaĵis sandviĉojn, fruktojn kaj kelkajn germanajn bongustaĵojn, dum John pretigis kovrilon kaj termoson kun kafo. Kun ilia pikniko enpakaĵo, ili iris al la proksima bicikloluejo. "Du biciklojn, bonvolu," diris John al la vendisto. Baldaŭ post tio, ili biciklis sur la bone disvolvitaj vojoj de la Angla Ĝardeno.

Ilia unua haltiĝo estis ĉe la fama Eisbach-ondo. Ili observis fascinite, kiel lertaj surfigantoj majstris la artefaritan ondon. "Tio aspektas tiel ekscita," ekkriis Joan, dum ŝi filmis la surfigantojn per sia telefono. Ili daŭrigis bikladi tra la parko, serĉante la perfektan lokon por ilia pikniko. Ili trovis idilian lokon sur herbejo proksime de la Ĉina Turo. Tie ili etendis sian kovrilon kaj ĝuis sian manĝaĵon. Ĉirkaŭ ili, birdoj ĉirpadis kaj la zumo de la urbo ŝajnis esti for.

Post la pikniko, ili promenis al la Ĉina Turo. La sonoj de tradicia bavara muziko plenigis la aeron. Ili aĉetis po breĉon kaj aŭskultis la muzikon. "Ĉi tiuj breĉoj estas bongustaj," diris Joan, mordante en la molan, varman breĉon. Poste, ili marŝis laŭ la trankvila lago. Ili ĝuis la pacan atmosferon kaj observis la anasojn kaj cignojn sur la akvo. Sub la ombro de grandaj arboj, ili trovis alian lokon por ripozi.

"Ni faru boatvojaĝon," proponis John. Ili luigis malgrandan remboaton kaj malrapide remis trans la lagon. Dum la vojaĝo, ili interparolis kun aliaj turistoj kaj lokanoj, kiuj ankaŭ ĝuis la belecon de la tago.

Kiam la suno komencis subiri, ili revenis al la bordo kaj pretiĝis por la reveno. Ili biciklis tra la parko, observante kiel la suno malaperis malantaŭ la arboj kaj kolorigis la ĉielon per varmaj koloroj. Reveninte en la urbon, ili biciklis tra la vesperaj stratoj de Munkeno, lumigitaj de la vespera krepusko. La vojaĝo reen al la hotelo estis viviga kaj donis al ili la ŝancon reviziti la impresojn de la tago.

    Alveninte en la hotelĉambron, ili diskutis pri siaj spertoj. "La Angla Ĝardeno vere estas speciala loko," diris Joan pripenseme. "Jes, la trankvilo tie estas tiel refreŝiga, tute malsama ol la agitado de la urbo," konsentis John. Ili longe parolis pri la beleco de la parko kaj la amikaj homoj, kiujn ili renkontis, antaŭ ol finfine endormiĝis, plenigitaj de la belaj memoroj de la tago.

1. Esplorado - Exploration
2. Pikniko - Picnic
3. Pakaĵis - Packed
4. Bongustaĵojn - Delicacies
5. Kovrilon - Blanket
6. Termoson - Thermos
7. Bicikloluejo - Bicycle rental place
8. Eisbach-ondo - Eisbach wave
9. Surfigantoj - Surfers
10. Artefaritan - Artificial
11. Ĉina Turo - Chinese Tower
12. Breĉon - Pretzel
13. Anasojn - Ducks
14. Cignojn - Swans
15. Boatvojaĝon - Boat trip

La Angla Ĝardeno en Munkeno: Oazo de Paco kaj Naturo

Meze de la vigla grandurbo Munkeno situas verda oazo, kiu allogas kaj lokanojn kaj turistojn - la Angla Ĝardeno. Ĉi tiu vasta parko, unu el la plej grandaj urbaj parkoj en la mondo, ofertas idean rifuĝejon de la urba tumulto kaj estas perfekta ekzemplo de la harmonia kunligo de naturo kaj urba vivo.

Historio de la Angla Ĝardeno

La historio de la Angla Ĝardeno komenciĝas en 1789, kiam ĝi estis kreita de Sir Benjamin Thompson, ankaŭ konata kiel Grafo de Rumford. Origine konceptita kiel milita ĝardeno, ĝi rapide evoluis al publika parko. Ĝia nomo "Angla Ĝardeno" devenas de la tiam populara angla stilo de pejzaĝaranĝo, kiu karakteriziĝas per naturaj, pitoreskaj pejzaĝoj.

Diverseco de la Parko

Sur areo de pli ol 370 hektaroj, la Angla Ĝardeno ofertas impresan diversecon de pejzaĝoj kaj agadoj. Oni trovas ĉi tie vastajn kampojn, densajn arbarojn, trankvilajn lagojn kaj serpente fluantajn riveretojn. Por sportemuloj ekzistas multnombraj vojoj por kuri kaj bicikli, dum amantoj de trankvilo povas trovi komfortajn lokojn por ripozi kaj legi.

Vidindaĵoj en la Angla Ĝardeno

Unu el la plej konataj allogoj de la Angla Ĝardeno estas la Ĉina Turo. Ĉi tiu en 1790 konstruita, 25 metrojn alta turo estas ĉirkaŭita de komforta bierĝardeno, kiu invitas al paŭzo kaj ĝuo. Ne malproksime situas la Seehaus, alia populara bierĝardeno kun vido al la Kleinhesseloher Lago.

Unika elstaraĵo estas la Eisbach-ondo ĉe la suda rando de la parko. Ĉi tie vizitantoj povas dum la tuta jaro observi surfigantojn rajdantajn sur artefarite kreita ondo - eksterordinara spektaklo meze de la urbo.

Naturo kaj Faŭno

La Angla Ĝardeno estas ankaŭ paradizo por amantoj de naturo. La riĉa floro kaj faŭno de la parko inkluzivas multnombrajn speciojn de birdoj, sciurojn kaj eĉ okazajn observojn de cervoj. La natura diverseco faras la parkon eduka kaj fascina loko por infanoj kaj plenkreskuloj egale.

Eventoj kaj Kulturo

La Angla Ĝardeno ankaŭ estas loko por kulturo kaj eventoj. Dum la somero, ĉi tie regule okazas koncertoj, teatraĵoj kaj aliaj kulturaj eventoj. La parko funkcias kiel renkontiĝejo por homoj de ĉiuj aĝoj kaj fonoj, tiel antaŭenigante la komunumon kaj kulturan vivon en Munkeno.

Konkludo

La Angla Ĝardeno estas ne nur parko, sed vivanta simbolo de la beleco kaj diverseco de Munkeno. Ĝi ofertas perfektan miksaĵon de ripozo, kulturo kaj natursperto. Por ĉiu vizitanto al Munkeno kaj kompreneble por la munkencanoj mem, la Angla Ĝardeno estas loko, kiu provizas ripozon, ĝojon kaj profundan konekton al naturo. En ĉi tiu parko oni povas lasi sian animon flugi kaj plene ĝui la belaĵojn de la vivo.

1. Oazo - Oasis
2. Rifuĝejon - Refuge
3. Tumulto - Tumult, commotion
4. Pejzaĝarangô - Landscape arrangement
5. Pitoreskaj - Picturesque
6. Diversecon - Diversity
7. Sportemuloj - Sports enthusiasts
8. Trankvilo - Tranquility
9. Bierĝardeno - Beer garden
10. Elstaraĵo - Highlight, feature
11. Artefarite - Artificially
12. Faŭno - Fauna
13. Eduka - Educational
14. Kultura - Cultural
15. Komunumon - Community

6. Taga Ekskurso al Kastelo Neŭŝvajnŝtejno

John kaj Joan planis tagan ekskurson al la Kastelo Neŭŝvajnŝtejno, unu el la plej famaj kasteloj de Germanio. La vesperon antaŭe, ili rezervis gvidatan turon rete. "Ĉi tio estos ekscita tago," diris Joan, dum ŝi kontrolis la konfirmretpoŝton.

La sekvan matenon, ili frue eniris la buson, kiu veturigus ilin de Munkeno al la kastelo. Dum la vojaĝo tra la bavara pejzaĝo, ili miregis pri la pitoreskaj vidoj: mildaj montetoj, vastaj kampoj kaj malgrandaj vilaĝoj. Kiam ili unue vidis la fean kastelon Neŭŝvajnŝtejno, ili estis sensalaj. Ĝi majeste tronis sur monteto kaj aspektis kvazaŭ eliris el fea rakontolibro. "Ĝi estas eĉ pli impona ol mi imagis," flustris Joan.

La gvidata turo tra la kastelo estis fascina. La gvidisto rakontis al ili pri Reĝo Ludoviko la 2-a, la konstruanto de la kastelo, kaj lia amo al muziko kaj arto. Ĉiu ĉambro en la kastelo estis artverko memstare, riĉe ornamita kaj plena de rakontoj.

Post la kastelvizito, ili faris promenadon al la Maria Ponto. De tie, ili havis spirprenan panoraman vidadon de la kastelo kaj la ĉirkaŭa pejzaĝo. "Ĉi tiu vido estas nekredebla," diris John, dum li faris fotojn.

Por tagmanĝo, ili vizitis lokan restoracion. Ili ĝuis tipajn bavarajn pladojn kaj entuziasme diskutis pri la impresoj de la mateno. Poste, ili vizitis la Kastelon Hohenschwangau, kiu situas proksime. Ĉi tiu kastelo estis malpli konata, sed ne malpli impona kun siaj helaj koloroj kaj romantika arkitekturo.

Ili promenis tra la belaj ĝardenoj de la kastelo, ĉirkaŭitaj de koloraj floroj kaj malnovaj arboj. "Ĉiu angulo ĉi tie estas kvazaŭ el alia epoko," rimarkis Joan. Antaŭ ol ili komencis la revojon al Munkeno, ili aĉetis kelkajn suvenirojn temajn al la kastelo. John elektis detalan reprodukton de Neŭŝvajnŝtejno, kaj Joan decidis por bela neĝglobo.

Dum la revojaĝo al Munkeno, ili dividis siajn fotojn de la kastelo kun amikoj kaj familio. "Ĉi tiuj bildoj estos mirinda memoro," diris John. Reveninte al la hotelo, ili sentis sin sin laci, sed feliĉaj pri la spertoj de la aventura tago. Ili rilaksis en la hotelĉambro kaj revivis la tagon.

Antaŭ ol ili endormiĝis, ili skribis kelkajn poŝtkartojn pri sia vizito al la Kastelo Neŭŝvajnŝtejno. Joan skribis: "La kastelo estis kvazaŭ sonĝo, tiel belega kaj magia." John aldonis: "Neforgesebla tago en unu el la plej belaj lokoj de Germanio." Kontentaj kaj plenaj de novaj impresoj, ili endormiĝis, pretaj por pliaj aventuroj en Munkeno.

Neŭŝvajnŝtejno: Fabelkastelo en Bavario

La Kastelo Neŭŝvajnŝtejno, situanta en la pitoreskaj bavaraj Alpoj, estas unu el la plej famaj kaj plej vizitataj kasteloj de Germanio. Per sia mirinda arkitekturo kaj idilia situo, ĝi ĉiujare allogas milionojn da vizitantoj el la tuta mondo.

La Kreado de la Kastelo

Neŭŝvajnŝtejno estis komisiita en la malfrua 19a jarcento de Reĝo Ludoviko la 2-a de Bavario. La reĝo, konata pro sia amo al arto kaj muziko, precipe al la verkoj de Richard Wagner, volis krei kastelon, kiu eliris el fabelo. La konstruado komenciĝis en 1869 kaj daŭris ĝis 1886, kvankam la kastelo neniam estis tute finita, ĉar Ludoviko la 2-a mortis sub misteraj cirkonstancoj.

La Arkitekturo de Neŭŝvajnŝtejno

La Kastelo Neŭŝvajnŝtejno estas majstraĵo de romantika arkitekturo. Kun ĝiaj blankaj turoj, merloj kaj balkonoj, kiuj majeste superas la pejzaĝon, ĝi aspektas kvazaŭ el alia mondo. La internaj spacoj estas same imponaj, kun grandiozaj haloj, artfajne ornamitaj murpentraĵoj kaj grandega tronsalo. Malgraŭ sia mezepoka aspekto, la kastelo havis la plej modernajn teknologiojn de sia tempo, kiel fluantan akvon kaj centran hejtadon.

La Situo kaj Ĉirkaŭaĵo

Situanta proksime al Füssen en la sudokcidento de Bavario, Neŭŝvajnŝtejno ofertas spektaklan vidadon al la ĉirkaŭaj Alpoj kaj lagoj. La pitoreska pejzaĝo ĉirkaŭ la kastelo invitas al promenadoj kaj migradoj, kaj ofertas multnombrajn eblecojn por fotado. Aparte populara vidpunkto estas la Maria Ponto, de kie oni havas spirprenan rigardon al la kastelo kaj la Pöllat-ravinon.

Vizitanta Sperto

Por vizitantoj, Neŭŝvajnŝtejno ofertas nekompareblan sperton. Gvidata vizito tra la kastelo malfermas vidojn al la vivo kaj sonĝoj de Reĝo Ludoviko la 2-a kaj montras la luksajn ĉambrojn kaj artfajnajn detalojn, kiuj faras la kastelon veran artverkon. Estas konsilinde antaŭmendi biletojn, ĉar la postulo estas tre alta, precipe dum la alta sezono.

Neŭŝvajnŝtejno en Popkulturo

Neŭŝvajnŝtejno ankaŭ havas firmegan lokon en popkulturo. Ĝi servis kiel inspiro por la kastelo en la Disney-filmo "La Bela Dormetulino" kaj troviĝas en multnombraj filmoj kaj libroj pro sia feeca aspekto. La kastelo estas simbolo de romantiko kaj fabelaĵo kaj altiras homojn fascinitajn de ĝia mistika kaj majesta apero.

Konkludo

La Kastelo Neŭŝvajnŝtejno estas pli ol nur turista allogaĵo; ĝi estas emblemo de bavara historio kaj kulturo. Kun sia miriga arkitekturo, fascina historio kaj pitoreska situo, ĝi estas loko, kiu vigligas la imagon kaj transportas vizitantojn al alia mondo. Vizito al la Kastelo Neŭŝvajnŝtejno estas nekomparebla sperto kaj kulmino de ĉiu vojaĝo al Bavario.

1. Ekskurso – Excursion
2. Gvidata turo - Guided tour
3. Konfirmretpoŝton - Confirmation email
4. Bavara pejzaĝo - Bavarian landscape
5. Pitoreskaj vidoj - Picturesque views
6. Monteto - Hill
7. Fea rakontolibro - Fairy tale book
8. Impona - Impressive

9. Artverko - Work of art
10. Ornami - To decorate
11. Panorama vidadon - Panoramic view
12. Tipajn bavarajn pladojn - Typical Bavarian dishes
13. Romantika arkitekturo - Romantic architecture
14. Suvenirojn - Souvenirs
15. Neforgesebla - Unforgettable

7. Ekskurso al la BMW-Mondo kaj Muzeo

John kaj Joan decidis pasigi sian sekvan tagon en Munkeno vizitante la BMW-Mondon kaj la BMW-Muzeon. Ambaŭ estis fervoraj aŭtoentuziasmuloj kaj antaŭĝojis lerni pli pri la fama germana aŭtomarko. Post rapida matenmanĝo, ili prenis la metroon al la BMW-Mondo. "Mi apenaŭ povas atendi vidi la aŭtojn," diris John, dum ili eliris el la metroo. La moderna arkitekturo de la BMW-Mondo tuj impresis ilin. La futurisma dezajno de la konstruaĵo kun ĝiaj aŭdacaj kurboj kaj vitra tegmento estis mirinda.

Ene de la BMW-Mondo, ili esploris la plej novajn aŭtomodelojn de BMW. Ili admiris la brilantajn aŭtojn, de sportaŭtoj ĝis luksaj limuzinoj. "Rigardu ĉi tion, Joan! Tio estas la nova elektra BMW," ekkriis John entuziasme. Poste, ili iris al la BMW-Muzeo, kie ili estis gviditaj tra interaktivaj ekspozicioj. Ili lernis multe pri la historio de BMW, de la fruaj motorcikloj ĝis la modernaj aŭtoj de hodiaŭ. "Estas fascine vidi, kiel la teknologio evoluis," rimarkis Joan.

Speciala elstaraĵo estis la observado de la aŭtomontado. Ili spektis kiel la diversaj partoj estis kunmetitaj, fascina enrigardo en la mondon de aŭtomobila produktado. John poste provis vetursimulilon. "Tio sentiĝas tiel reala!" li ekkriis, dum li veturis tra virtualaj stratoj. Joan ridis kaj prenis fotojn de li en la simulilo.

Poste, ili ĝuis manĝetaĵon en la kafejo de la BMW-Mondo. Dum ili trinkis sian kafon, ili rigardis la ekspoziciitajn aŭtojn kaj diskutis pri siaj preferataj modeloj. Antaŭ ol ili foriris, ili vizitis la BMW-vendejon por aĉeti suvenirojn. John aĉetis modelaŭton, kaj Joan decidis por BMW-ŝlosilringo.

Ili profitis la okazon fari fotojn apud kelkaj el la luksaj aŭtoj. "Tio estos bonega foto por Instagram," diris Joan, pozante apud brilanta sportaŭto. Post la vizito al BMW, ili promenis al la proksima Olimpia Parko. Ili admiris la vastajn verdajn spacojn kaj la sportajn instalaĵojn. La kulmino estis la supreniro al la Olimpia Turo. De supre, ili havis spirprenan vidon super la tuta urbo Munkeno. "Rigardu, oni povas eĉ vidi la Alpojn," diris John, montrante en la distancon.

Dum ili malsupreniris la turon, ili reflektis pri la evoluo de aŭtomobiloj kaj kiel tre ili ŝanĝis la mondon. "Estas mirinde, kiom malproksimen la teknologio venis," diris Joan pripenseme. Ili daŭre diskutis pri siaj preferataj aŭtoj, dum ili revenis al la urbocentro. Ambaŭ konsentis, ke la vizito al la BMW-Mondo kaj Muzeo estis unika kaj nekomparebla sperto.

Reveninte al la urbocentro de Munkeno, ili sentis sin plenigitaj de sia tago plena de malkovroj kaj novaj impresoj. Ili revenis al la hotelo, pretaj por ripoza vespermanĝo kaj ekscititaj pri pliaj aventuroj, kiujn Munkeno ofertas al ili.

1. Aŭtoentuziasmuloj - Car enthusiasts
2. Antaŭĝoji - To look forward to
3. Arkitekturo - Architecture
4. Futurisma - Futuristic
5. Aŭdacaj kurboj - Bold curves
6. Brilantaj - Shining, brilliant
7. Sportaŭtoj - Sports cars
8. Luksaj limuzinoj - Luxury limousines
9. Interaktivaj ekspozicioj - Interactive exhibitions
10. Motorcikloj - Motorcycles
11. Aŭtomontado - Car assembly
12. Vetursimulilo - Driving simulator
13. Ŝlosilringo - Keyring
14. Olimpia Parko - Olympic Park
15. Spirprena - Breathtaking

BMW en Munkeno: Simbolo de Novigado kaj Tradicio

En Munkeno, la ĉefurbo de Bavario, situas la ĉefsidejo de unu el la mondaj ĉefaj aŭtofabrikantoj: la Bavara Motoro Verkoj AG, pli bone konata kiel BMW. Ĉi tiu firmao ne nur estas esenca parto de la germana ekonomio, sed ankaŭ simbolo de novigado, kvalito kaj tradicio.

La Historio de BMW

La historio de BMW komenciĝas en 1916 kiel fabrikanto de aviadilaj motoroj. Post la Unua Mondmilito, la kompanio transformiĝis kaj komencis produktadon de motorcikloj kaj poste ankaŭ de aŭtomobiloj. La fama emblemo de BMW, kiu rememorigas pri propeliloj, estas aludo al la komenco de la kompanio en la aviadila industrio.

BMW-Mondo kaj BMW-Muzeo

Unu el la allogaĵoj por vizitantoj en Munkeno estas la BMW-Mondo, impona moderna ekspozicia halo, kiu malfermiĝis en 2007. Ĉi tie, vizitantoj povas admiri la plej novajn modelojn de BMW, esplori teknologiojn kaj eĉ preni novajn veturilojn. La futurisma dezajno de la konstruaĵo reflektas la novigan forton kaj modernan spiriton de BMW.

Tre proksime al la BMW-Mondo situas la BMW-Muzeo, kiu prezentas la historion de la kompanio kaj ĝiajn multnombrajn epokfarantajn modelojn. En la spirala ekspozicio, vizitantoj lernas pli pri la evoluo de BMW-aj veturiloj kaj teknologioj tra la jardekoj.

BMW kaj la Munkena Ekonomio

BMW estas unu el la plej grandaj dungantoj en Munkeno kaj ludas decidan rolon en la ekonomio de la urbo. La firmao dungas milojn da homoj, ne nur en produktado, sed ankaŭ en kampoj kiel esplorado kaj disvolvado, merkatado kaj vendo.

Daŭripovo kaj Estontaj Vizioj

BMW konscias pri sia respondeco al la medio kaj pli kaj pli engaĝiĝas por daŭripovo. Ĉi tio manifestiĝas en la evoluo de elektraj aŭtoj kaj hibridaj modeloj, kaj en la esplorado pri alternativaj movteknologioj. BMW aspiras esti gvidanto en la estonta moviĝeblo kaj laboras pri novigaj solvoj por la defioj de nia tempo.

BMW kiel Parto de la Munkena Kulturo

BMW ne nur ekonomie, sed ankaŭ kulture profunde enradikiĝas en Munkeno. La kompanio subtenas multnombrajn kulturajn kaj sociajn projektojn en la urbo kaj ĉirkaŭaĵo. La BMW-Kvarcilindro, la markanta ĉefsidejo de la kompanio, fariĝis simbolo de Munkeno kaj spegulas la gravecon de BMW por la urbo.

Konkludo

BMW en Munkeno signifas pli ol nur la produktadon de altkvalitaj veturiloj. Ĝi estas simbolo de la sukcesa unuiĝo de tradicio kaj novigado, de ekonomia forto kaj socia respondeco. Por vizitantoj de Munkeno, BMW kun la BMW-Mondo kaj la BMW-Muzeo ofertas fascinajn vidojn en la mondon de moviĝeblo kaj estas nepre vizitinda por ĉiu aŭto- kaj teknikentuziasmulo. BMW estas fieraj reprezentantoj de Munkeno sur la monda scenejo kaj brila ekzemplo de germana inĝenierarto.

1. Ĉefurbo - Capital
2. Ekonomio - Economy
3. Novigado - Innovation
4. Aviadilaj motoroj - Aircraft engines
5. Propeliloj - Propellers
6. Moderna ekspozicia halo - Modern exhibition hall
7. Futurisma dezajno - Futuristic design
8. Epokfarantaj modeloj - Epoch-making models
9. Dungantoj - Employers
10. Daŭripovo - Sustainability
11. Elektraj aŭtoj - Electric cars
12. Hibridaj modeloj - Hybrid models
13. Movteknologioj - Mobility technologies
14. Kultura projektoj - Cultural projects
15. Inĝenierarto - Engineering

8. Vizitado de la Germana Muzeo

John kaj Joan planis viziti la faman Germanan Muzeon en Munkeno, konata pro siaj ampleksaj sciencaj kaj teknologiaj ekspozicioj. Ili jam multe aŭdis pri ĉi tiu muzeo kaj antaŭĝojis esplori ĝin memstare.

Post riĉa matenmanĝo en la hotelo, ili ekiris. "Mi legis, ke ĝi estas la plej granda scienco- kaj teknologiomuzeo en la mondo," diris Joan, dum ili marŝis laŭ la strato al la muzeo. Alveninte ĉe la impona konstruaĵo de la muzeo, ili estis imponitaj de ĝia grandeco.

Ili komencis sian rondiron en la sekcio de aer- kaj kosmofarto. "Rigardu ĉi tiujn malnovajn aviadilojn kaj raketojn!" ekkriis John, observante historian raketon. Joan estis same fascinita de la aviadilmodeloj kaj la historio de kosmofarto.

Ili daŭrigis al la sekcio por sciencaj eksperimentoj. Ili partoprenis en interaktivaj fizikdemonstraĵoj, kie ili mem povis provi bazajn fizikajn leĝojn. "Estas tiel ekscite vidi, kiel ĉi tiuj eksperimentoj funkcias," diris Joan, observante eksperimenton kun pendolo.

Unu el la kulminaĵoj de la muzea vizito estis la ekspozicio de historiaj boatoj kaj ŝipoj. Ili admiris la artofaritajn modelojn de malnovaj velŝipoj kaj lernis pli pri la historio de marveturado.

En areo, kiu ofertis "Hands-on"-eksponaĵojn, John kaj Joan eksperimentis kun diversaj sciencaj instrumentoj. Ili movis levilojn, premis butonojn kaj lude lernis pri mekaniko kaj elektro.

Por tagmanĝo, ili manĝis en la kafeterio de la muzeo. Dum la manĝo, ili diskutis pri tio, kion ili ĝis nun vidis. "Estas nekredeble, kiom multe oni povas lerni ĉi tie," rimarkis John, mordante en sian sandviĉon.

Post la tagmanĝo, ili esploris la sekcio pri energiteknologio. Ili rigardis diversajn energifontojn, de fosiliaj brulaĵoj ĝis renovigeblaj energioj, kaj lernis pri ilia uzo kaj efikoj al la medio.

Dum la tuta vizito, ili diskutis interesajn faktojn kaj informojn, kiujn ili lernis en la muzeo. "Mi ne sciis, ke la uzo de sunenergio havas tiel longan historion," diris Joan.

Antaŭ ol ili forlasis la muzeon, ili vizitis la muzebutikon. Joan aĉetis kelkajn poŝtkartojn kaj libron pri la historio de aerfarto, dum John elektis modelon de historia ŝipo.

Post la muzea vizito, ili promenis laŭlonge de la rivero Izaro, ĝuante la trankvilan atmosferon kaj la belan vidadon. "Estas tiel pacplena ĉi tie," diris Joan.

Ili faris paŭzon en proksima kafejo, kie ili ripozis ĉe taso da kafo. Tie ili planis siajn agadojn por la sekva tago. "Kion vi pensas pri vizito al la Pinakotekoj morgaŭ?" proponis John. Joan konsentis, kaj ili antaŭĝojis al alia tago plena de novaj impresoj kaj malkovroj en Munkeno.

Lacaj, sed feliĉaj pro la multaj novaj scioj, ili revenis al la hotelo. Ili konsentis, ke la vizito al la Germana Muzeo estis ne nur eduka, sed ankaŭ ekstreme amuza.

1. Ampleksaj - Extensive
2. Rondiron - Tour
3. Aviadilojn - Airplanes
4. Raketojn - Rockets
5. Interaktivaj - Interactive
6. Fizikdemonstraĵoj - Physics demonstrations
7. Eksperimentoj - Experiments
8. Pendolo - Pendulum
9. Historiaj boatoj - Historical boats
10. Marveturado - Seafaring
11. "Hands-on"-eksponaĵojn - Hands-on exhibits
12. Mekaniko - Mechanics
13. Energiteknologio - Energy technology
14. Fosiliaj brulaĵoj - Fossil fuels
15. Renovigeblaj energioj - Renewable energies

La Germana Muzeo en Munkeno: Vitrino de Scienco kaj Teknologio

La Germana Muzeo en Munkeno, fondita en 1903, estas unu el la plej grandaj kaj gravaj muzeoj por naturaj sciencoj kaj teknologio tutmonde. Kun impona kolekto, kiu inkluzivas pli ol 28,000 eksponaĵojn, la muzeo ofertas al vizitantoj de ĉiuj aĝoj fascinan rigardon en la mondon de scienco kaj teknologio.

Historio kaj Fondiĝo de la Muzeo

La Germana Muzeo estis iniciatita de Oskar von Miller, signifa inĝeniero kaj pioniro en la kampo de elektrotekniko. Lia vizio estis krei muzeon, kiu faras sciencojn kaj teknologion alireblaj por ĉiuj. Hodiaŭ, la muzeo estas unu el la plej vizitataj edukaj institucioj en Germanio kaj altiras milionojn da vizitantoj ĉiujare.

La Ekspozicioj en la Germana Muzeo

La muzeo kovras plurajn etaĝojn kaj temas pri diversaj temoj, de astronomio ĝis ĉelbiologio, de energi- kaj minada tekniko ĝis aer- kaj kosmofarto. Elstaraĵo estas la planetario, kie vizitantoj povas entrepreni vojaĝon tra la universo. Ankaŭ impona estas la sekcio pri aer- kaj kosmofarto, kiu montras interalie historiajn aviadilojn kaj rekonstruon de la Apolo-kosmoŝipo.

Por teknik-entuziasmaj vizitantoj, la muzeo ofertas fascinajn vidojn en la evoluon de komputiloj, aŭtoj kaj maŝinoj. La ekspozicio pri informadiko, ekzemple, montras la evoluon de kalkulmaŝinoj ĝis modernaj komputiloj. En la sekcio pri aŭtomobila teknologio, vizitantoj povas esplori ĉion de la unuaj aŭtoj ĝis modernaj elektraj veturiloj.

Interaktivaj kaj Infanamikaj Ofertoj

Aparta trajto de la Germana Muzeo estas la multnombraj interaktivaj stacioj, kie vizitantoj povas mem eksperimenti kaj lerni. Ĉi tiuj interaktivaj elementoj faras la muzeon aparte alloga por infanoj kaj junuloj, kaj provizas ekscitan kaj edukan sperton.

La Infanreĝlando, speciala areo por infanoj, ebligas al la plej junaj vizitantoj malkovri la mondon de scienco per ludo kaj eksperimentado. Ĉi tie, infanoj povas eksperimenti en akvoludejo, esplori fizikajn fenomenojn aŭ partopreni en laborejoj.

Eventoj kaj Specialaj Ekspozicioj

La Germana Muzeo regule proponas specialajn ekspoziciojn, prelegojn kaj eventojn. Ĉi tiuj ofertas la ŝancon pliprofundiĝi en specifajn temojn kaj informiĝi pri aktualaj evoluoj en scienco kaj teknologio.

Konkludo

La Germana Muzeo en Munkeno ne estas nur muzeo, ĝi estas vivanta centro de disvastigo de scienco kaj teknologio. Ĝi ofertas al vizitantoj de ĉiuj aĝoj la eblecon plonĝi en la mondon de scienco, lerni novajn aferojn kaj inspiriĝi. Ĉu por familioj, lernejaj grupoj aŭ teknik-entuziasmuloj - vizito al la Germana Muzeo estas nekomparebla sperto kaj deviga por ĉiu vizitanto al Munkeno.

1. Naturaj sciencoj - Natural sciences
2. Teknologio - Technology
3. Iniciatita - Initiated
4. Elektrotekniko - Electrical engineering
5. Edukaj institucioj - Educational institutions
6. Astronomio - Astronomy
7. Ĉelbiologio - Cell biology
8. Energi- kaj minada tekniko - Energy and mining engineering
9. Kosmofarto - Space travel
10. Planetario - Planetarium
11. Informadiko - Informatics, computer science
12. Kalkulmaŝinoj - Calculating machines
13. Aŭtomobila teknologio - Automotive technology
14. Interaktivaj stacioj - Interactive stations
15. Akvoludejo - Water play area

9. Malkovrado de Arto en la Pinakotekaj Muzeoj

John kaj Joan decidis pasigi tagon en la Pinakotekaj Muzeoj en Munkeno por malkovri arton en ĉiuj ĝiaj aspektoj. Post matenmanĝo en sia hotelo, ili komencis sian tagon kun la demando, kiun el la tri famaj muzeoj ili unue vizitu.

"Ĉu ni komencu kun la Malnova Pinakoteko?" demandis Joan. "Tie estas multaj majstroverkoj de la malnovaj majstroj." John konsentis, kaj tiel ili ekiris al la muzeo. Alveninte en la Malnovan Pinakotekon, ili tuj estis impresitaj de la imponaj pentraĵoj kaj la arkitekturo de la muzeo. Ili pasigis horojn admiri la artaĵojn, inkluzive de verkoj de Rembrandt, Rubens kaj Leonardo da Vinci. "Ĉi tiu pentraĵo de Rubens estas mia plej ŝatata," diris Joan, starante antaŭ granda, vigla bildo.

Post kiam ili esploris la Malnovan Pinakotekon profunde, ili iris al la Nova Pinakoteko por vidi la arton de la 19a jarcento. Tie ili estis fascinitaj de la verkoj de artistoj kiel Van Gogh kaj Monet. "La koloroj en la pentraĵoj de Van Gogh estas tiel intensaj," rimarkis John.

Ilia sekva haltejo estis la Pinakoteko de la Moderna, kie ili malkovris nuntempan arton kaj dezajnon. Ili estis aparte impresitaj de la abstraktaj verkoj kaj modernaj instalaĵoj. "Ĉi tiu moderna arto estas vere malsama, sed tre interesa," diris Joan penseme.

En unu el la muzeoj, ili partoprenis gvidatan turon, kie ili lernis pli pri la historio kaj signifo de la ekspoziciitaj artaĵoj. La gvidisto klarigis la diversajn artajn stilojn kaj epokojn, kio estis tre informiga por ili.

Por tagmanĝo, ili paŭzis en la kafejo de unu el la muzeoj. Dum ili manĝis, ili diskutis pri siaj impresoj kaj preferataj artaĵoj de la tago. "Mi trovas fascina, kiel la artstiloj ŝanĝiĝis tra la tempo," diris John.

Post la manĝo, Joan decidis skizi unu el la artaĵoj. Ŝi trovis trankvilan lokon kaj komencis desegni bildon, kiu aparte inspiris ŝin. John observis ŝin kaj ĝuis la kreeman atmosferon.

Antaŭ ol ili forlasis la muzeon, ili aĉetis en la muzea butiko poŝtkartojn kun artaĵoj, kiuj plej impresis ilin. "Ĉi tiujn mi pendigos sur la muron en mia ĉambro," diris Joan.

Ili promenis tra la ĝardenoj de la muzeo kaj ĝuis la trankvilecon. "Estas bele sidi ĉi tie kaj pripensi ĉion," diris John. Survoje reen al la hotelo, ili vizitis proksiman artbutikon, kie ili esploris pliajn artaĵojn kaj librojn. "Ĉi tiuj presaĵoj estas mirindaj," rimarkis Joan, foliumante tra la artaĵoj.

Vespere ili planis viziti koncerton aŭ spektaklon por fini sian tagon en Munkeno. "Koncerto estus la perfekta fino por ĉi tiu artplena tago," diris Joan. Post la koncerto, ili ĝuis rilaksan vespermanĝon en komforta restoracio en la urbo. Dum la manĝo, ili reflektis pri siaj artaj spertoj de la tago. "Hodiaŭ ni vidis kaj lernis tiom multe," diris John. Joan konsentis kaj aldonis: "Ĝi estis mirinda tago, plena je arto kaj inspiro."

Kontentaj pri sia tago, ili revenis al la hotelo, pretaj por pliaj aventuroj en la venontaj tagoj en Munkeno.

1. Majstroverkoj - Masterpieces
2. Arkitekturo - Architecture
3. Pentraĵoj - Paintings
4. Artistoj - Artists
5. Intensaj - Intense
6. Abstraktaj verkoj - Abstract works
7. Gvidata turo - Guided tour
8. Artstiloj - Art styles
9. Skizi - To sketch
10. Kreeman atmosferon - Creative atmosphere
11. Ĝardenoj - Gardens
12. Trankvilecon - Tranquility
13. Artbutikon - Art shop
14. Presaĵoj - Prints
15. Rilaksan vespermanĝon - Relaxing dinner

La Pinakotekoj en Munkeno: Centro de Arto kaj Kulturo

En Munkeno, la ĉefurbo de Bavario, situas speciala loko por amantoj de arto: la Pinakotekoj. Ĉi tiuj muzeaj kompleksoj, konsistantaj el la Malnova Pinakoteko, la Nova Pinakoteko kaj la Pinakoteko de la Moderna, ofertas ampleksan enrigardon en la arthistorion de la antikvo ĝis la nuntempo.

La Malnova Pinakoteko: Majstraĵo de Arthistorio

La Malnova Pinakoteko, konstruita en la 19a jarcento, gastigas unu el la plej gravaj kolektoj de eŭropa pentrarto de la 14a ĝis la 18a jarcento. La muzeo, unu el la plej malnovaj galeriaj konstruaĵoj en la mondo, prezentas verkojn de majstroj kiel Albrecht Dürer, Leonardo da Vinci, Raphael, Peter Paul Rubens kaj Rembrandt. Vizitantoj povas admiri kelkajn el la plej famaj pentraĵoj en la mondo kaj enprofundiĝi en la mondon de la Renesanco kaj la Baroko.

La Nova Pinakoteko: Arto de la 19a Jarcento

La Nova Pinakoteko fokusas sur la arto de la 19a jarcento. Ĝi montras larĝan gamon de verkoj, de la Romantikismo tra la Impresionismo ĝis la Art Nouveau. Elstaraj estas pentraĵoj de Vincent van Gogh, Edouard Manet, Caspar David Friedrich kaj multaj aliaj signifaj artistoj de ĉi tiu epoko. La Nova Pinakoteko ofertas fascinan superrigardon pri la evoluoj en pentrado kaj skulptarto de ĉi tiu moviĝa jarcento.

La Pinakoteko de la Moderna: Vitrino de Nuntempa Arto

La Pinakoteko de la Moderna estas la plej nova muzeo de la trio kaj prezentas arton, grafikon, arkitekturon kaj dezajnon de la 20a kaj 21a jarcentoj. Ĉi tie, vizitantoj trovas verkojn de artistoj kiel Pablo Picasso, Salvador Dalí, Andy Warhol kaj multaj aliaj. Krom la moderna arto, ankaŭ ekspoziciiĝas dezajnobjektoj, grafikaĵoj kaj arkitekturaj verkoj, kiuj donas superrigardon pri la kreiva diverseco de la moderneco.

Loko por Edukado kaj Inspiro

La Pinakotekoj ne nur estas muzeoj, sed ankaŭ lokoj de edukado kaj inspiro. Ili regule ofertas gviditajn vizitojn, prelegojn, laborejojn kaj specialajn ekspoziciojn. Ĉi tiuj eventoj ebligas al vizitantoj pli profunde eniri en la mondon de arto kaj lerni pli pri la fonoj kaj teknikoj de la eksponitaj verkoj.

Konkludo

La Pinakotekoj en Munkeno estas deviga vizitinda loko por ĉiu amanto de arto. Ili ofertas unikan ŝancon sekvi la evoluon de arto de ĝiaj komencoj ĝis la moderna tempo. La diverseco kaj kvalito de la kolektoj faras ĉiun viziton al nekomparebla sperto. Ĉu oni interesiĝas pri klasika pentrarto, la arto de la 19a jarcento aŭ la moderna kaj nuntempa arto - en la Pinakotekoj ĉiu trovas ion, kio inspiras kaj riĉigas lin.

1. Ampleksan - Comprehensive
2. Majstraĵo - Masterpiece
3. Galeriaj konstruaĵoj - Gallery buildings
4. Renesanco - Renaissance
5. Baroko - Baroque
6. Romantikismo - Romanticism
7. Impresionismo - Impressionism
8. Art Nouveau - Art Nouveau
9. Skulptarto - Sculpture
10. Nuntempa arto - Contemporary art
11. Dezajnobjektoj - Design objects
12. Grafikaĵoj - Graphics
13. Arkitekturaj verkoj - Architectural works
14. Edukado - Education
15. Inspiro - Inspiration

10. Tago de Butikumado kaj Kuirarto en Munkeno

En suna mateno en Munkeno, John kaj Joan decidis dediĉi tagon al butikumado kaj al la bavara kuirarto. Ilia unua celo estis la fama aĉetstrato Kaufingerstraße, konata pro sia diverseco de vendejoj kaj butikoj.

Dum ili flanis laŭ la vigla strato, ili estis allogitaj de la vitrinaj ekspozicioj kaj la diverseco de la ofertitaj varoj. "Rigardu, ĉi tie estas tradicia germana vestaĵo," diris Joan, kiam ŝi malkovris vendejon kun lederhosen kaj dirndloj. Ili eniris la butikon kaj provis la bavaran vestaĵon. John ridis, vidante sin en la spegulo kun lederhosen, kaj Joan faris fotojn de ili ambaŭ en tradicia vesto.

Post viziti la vestaĵajn butikojn, ili turnis sian atenton al la kulinaraj plezuroj. Surstratc ili gustumis diversajn bavarajn stratsnackojn, inkluzive de brecoj kaj rostitaj migdaloj. "Ĉi tio vere bone gustas," diris John, mordante en freŝbakitan brecon.

Sekve, ili vizitis kelkajn gurmetajn manĝaĵbutikojn, kie ili gustumis lokajn specialaĵojn kiel fromaĝo kaj kolbaso. Joan estis fascinita de la diverseco kaj kvalito de la ofertitaj produktoj.

Por tagmanĝo, ili eniris tradician bavaran restoracion. Ili ĝuis korpulentan tagmanĝon kun porkokruro kaj knedloj, akompanate de malvarma biero. "Ĉi tio estas tiel bongusta," diris Joan, dum ŝi ĝuis sian bieron.

Posttagmeze, ili malkovris kelkajn unikajn butikojn, kie ili aĉetis donacojn kaj suvenirojn por amikoj kaj familio hejme. John trovis manfaritan bierkruchon, kaj Joan aĉetis kelkajn manfaritajn juvelaĵojn.

Post la butikumrondo, ili faris paŭzon kaj ĝuis kafon en komforta kafejo. Dum ili ripozis, ili observis la okupatan stratan agadon.

Pli malfrue dum la tago, ili revenis al la Viktualienmarkt por gustumi pli da lokaj manĝaĵoj. Ili provis diversajn specojn de kolbasoj kaj diskutis, kiuj plej bone gustis al ili.

Vespere, ili vizitis lokan bierfarejon por fini la tagon. Ili sidis ekstere, ĝuante freŝe tiratan bieron kaj reflektante pri sia tago. "Ĉi tio estis vere agrabla tago," diris John. "Jes, ni provis kaj vidis tiom da novaj aĵoj," aldonis Joan.

Reveninte al la hotelo, ili mallevis siajn aĉetaĵojn kaj planis trankvilan vesperon por ripozi post sia okupata tago. Ili decidis por malpeza vespermanĝo en la hotelo kaj promenado tra la trankvilaj stratoj de Munkeno.

La tago estis plena je novaj spertoj, bongusta manĝaĵo kaj interesaj aĉetoj. Lacaj sed feliĉaj, ili endormiĝis, pretaj por pliaj aventuroj en la venontaj tagoj de sia vojaĝo en Munkeno.

1. Butikumado - Shopping
2. Kuirarto - Cuisine
3. Aĉetstrato - Shopping street
4. Vitrinaj ekspozicioj - Window displays
5. Tradicia germana vestaĵo - Traditional German clothing
6. Lederhosen - Leather pants (specific to Bavarian tradition)
7. Dirndloj - Traditional Bavarian dresses
8. Kulinaraj plezuroj - Culinary delights
9. Stratsnackoj - Street snacks
10. Gurmetajn manĝaĵbutikojn - Gourmet food stores
11. Fromaĝo - Cheese
12. Kolbaso - Sausage
13. Porkokruro - Pork knuckle
14. Knedloj - Dumplings
15. Bierkruchon - Beer mug
16. Juvelaĵojn - Jewelry
17. Viktualienmarkt - Viktualienmarkt (famous food market in Munich)
18. Bierfarejon - Brewery
19. Trankvila vespero - Quiet evening

Bavara Kuirarto: Kulinara Vojaĝo tra Bavario

La bavara kuirarto estas konata pro siaj korpulentaj kaj solidaj manĝaĵoj, kiuj estas profunde enradikiĝintaj en la tradicio kaj kulturo de Bavario. De korpulentaj kolbasoj ĝis bongustaj knedloj kaj ĝis dolĉaj tentaĵoj, la bavara kuirarto proponas variecon de gustumadoj, kiuj ravas ĉiun amanton de bonaj manĝaĵoj.

La Bazo de la Bavara Kuirarto

Tipaj por la bavara kuirarto estas viando, terpomoj, knedloj kaj brasiko. Viando ludas centran rolon, precipe porkaĵo, kiu troviĝas en multaj pladoj. La kuirarto estas konata pro sia simpleco, kun fokuso sur la kvalito de la ingrediencoj kaj tradicia preparado.

Popularaj Bavaraj Pladoj

Klasika plado estas la porkaĵrostado kun knedloj kaj brasikosalato. La rostaĵo estas malrapide kuirita ĝis ĝi estas mola kaj suka, kaj ofte servita kun malhela biersaŭco. Knedloj, ĉu el terpomoj aŭ pano faritaj, estas tipa akompanaĵo en la bavara kuirarto.

La blanka kolbaso, milda buljona kolbaso farita el bovidaĵo kaj porkaĵo, estas ankaŭ bavara emblemo. Tradicie ĝi servatas kun dolĉa mustardo kaj brecoj kaj ofte manĝatas dum la frumatenmanĝo, malfrua matenmanĝo.

Ne forgesendu la brasikon, fermentitan brasikon, kiu ofte servatas kiel akompanaĵo al viandpladoj kaj estas konata pro siaj saniganaj ecoj.

Bavaraj Panmanĝetoj

La panmanĝeto, speco de bavara vespermanĝo, estas esenca parto de la loka manĝkulturo. Tipike ĝi konsistas el elekto de kolbaso, fromaĝo, rafano (radiko), freŝaj brecoj kaj pano. Ofte ĝi akompanatas de malvarma biero.

Dolĉaj Tentaĵoj

Dolĉaj manĝaĵoj ankaŭ estas popularaj en Bavario. La poma strudelo, maldika pasto plenigita kun pomoj, rozenoj kaj cinamo, estas tradicia deserto. Alia ŝatata deserto estas la imperiestra dispecigita krepkaĉo, speco de disŝirita krepkaĉo, kiu estas pudrita per sukero kaj servata kun poma saŭco.

Bavara Biero: Grava Parto de la Manĝo

Biero en la bavara kuirarto estas pli ol nur trinkaĵo – ĝi estas firmanenta parto de la kulturo. Bavario estas tutmonde konata pro sia diverseco de bieroj, inkluzive de blanka biero, Helles, Dunkel kaj kompreneble la fama Oktoberfest-biero.

Konkludo

La bavara kuirarto proponas fascinan kombinon de korpulentaj kaj dolĉaj manĝaĵoj, kiuj ĝojigas ĉiun gustumon. Ĝi reflektas la riĉan historion kaj kulturon de Bavario kaj ofertas al lokanoj kaj vizitantoj memorindan kulinaran sperton. Ĉu en tradicia bierĝardeno aŭ en komforta gastejo, la bavara kuirarto estas ĝuindaĵo, kiu ne mankas dum vizito en Bavario.

1. Brasiko - Cabbage
2. Dolĉaj - Sweet
3. Enradikiĝintaj - Deeply rooted
4. Knedloj - Dumplings
5. Kolbasoj - Sausages
6. Korpulentaj - Hearty
7. Kqualito - Quality
8. Kuirarto - Culinary art
9. Kulturo - Culture
10. Manĝaĵoj - Foods
11. Solidaj - Solid
12. Terpomoj - Potatoes
13. Tentaĵoj - Delicacies
14. Tradicio - Tradition
15. Viando - Meat

11. Ĝuado de la Nokta Vivo en Munkeno

Post tago plena de butikumado kaj esploradoj, John kaj Joan decidis sperti la noktan vivon de Munkeno. Ili komencis sian vesperon serĉante lokan restoracion por vespermanĝo. "Mi deziras ion tradician," diris John, dum ili flanis tra la stratoj. Ili trovis komfortan bavaran lokalon kaj decidis tie manĝi.

Alveninte en la restoracion, ili mendas tipajn germanajn pladojn. Joan elektis porkaĵrostadon kun knedloj, dum John elektis sukan vienan ŝnicelon. Al tio, ili gustumis kelkajn germanajn bierspecialaĵojn. "Ĉi tiu blanka biero vere bone gustas," rimarkis Joan post gustumo.

Post la manĝo, ili direktiĝis al populara distrikto por eliri. La stratoj estis plenaj de homoj ĝuantaj la nokton. Ili aŭdis muzikon el la baroj kaj vidis homojn babilantajn kaj ridantajn.

Ilia sekva halto estis tradicia bierĝardeno. La etoso estis vigla, kun vive ludata bavara muziko. Ili trovis tablon kaj mendas grandan maŝon da biero. Dum ili ĝuis la malvarman trinkaĵon, ili aŭskultis al la bando, kiu ludis popolan muzikon.

Subite, kelkaj gastoj komencis stariĝi por bavara popoldanco. Joan tiris John ridante al la danctabulo. Kvankam ili komence hezitis, baldaŭ ili trovis plezuron en la danco. Ili ridis kaj turniĝis laŭ la ritmo de la muziko.

Dum la vespero, ili interparolis kun lokanoj kaj aliaj turistoj. Ili interŝanĝis rakontojn kaj konsilojn por sia restado en Munkeno. "La homoj ĉi tie estas tiel amikemaj," diris Joan al John.

Post la bierĝardeno, ili vizitis modernan noktoklubon. La muziko estis miksaĵo de aktualaj sukcesoj kaj elektronika muziko. Ili dancis kaj ĝuis la energian etoson.

Intermite, ili gustumis diversajn bavarajn manĝetojn ĉe manĝeto-vendejo. "Ĉi tiuj fromaĝaj ŝpaclaj nudeloj estas bongustaj," diris John, manĝante kelkajn el ili.

Pli malfrue dum la nokto, ili decidis gustumi kelkajn germanajn vinojn. En komforta vinbarejo, ili degustis diversajn specojn kaj diskutis pri siaj favoratoj.

Ili ĝuis la vivan atmosferon sur la stratoj, dum ili promenis tra la urbo. Ĉie estis homoj ridantaj, parolantaj kaj ĝuantaj la nokton.

Antaŭ ol reveni al la hotelo, ili faris malfruan promenon tra la urbo. La lumoj de la urbo reflektiĝis en la trankvila akvo de la Izaro. Ili haltis por fari kelkajn noktajn fotojn de Munkeno, la stratoj kaj konstruaĵoj estis bele lumigitaj.

Dum ili revenis al la hotelo, ili reflektis pri la kulturaj diferencoj en la nokta vivo, kiujn ili spertis. "Estas interese vidi, kiel homoj ĉi tie pasigas siajn vesperojn," diris Joan.

Reveninte al la hotelo, ili sentis sin laci, sed feliĉaj pro siaj spertoj dum la nokto. Ili ĝuis la tradician kaj modernan noktan vivon de Munkeno kaj antaŭĝojis vidi pli de la urbo la sekvan tagon.

1. Ĝuado - Enjoyment
2. Esploradoj - Explorations
3. Flanis - Wandered
4. Restoracio - Restaurant
5. Porkaĵrostado - Pork roast
6. Knedloj - Dumplings
7. Ŝnicelo - Schnitzel
8. Bierspecialaĵoj - Beer specialties
9. Bierĝardeno - Beer garden
10. Popoldanco - Folk dance
11. Manĝeto-vendejo - Snack vendor
12. Fromaĝaj ŝpaclaj nudeloj - Cheese spaetzle (a type of noodle)
13. Vinbarejo - Wine bar
14. Amikema - Friendly

La Nokta Vivo en Munkeno: Mondo Plena de Diverseco kaj Distraĵoj

Munkeno, konata pro sia kultura heredaĵo kaj historiaj vidindaĵoj, ankaŭ ofertas viglan kaj diversan noktan vivon. De komfortaj bierĝardenoj ĝis modernaj noktokluboj – la urbo havas ion por ĉiu gusto.

Tradiciaj Bierĝardenoj kaj Drinkejoj

Esenca parto de la nokta vivo de Munkeno estas la tradiciaj bierĝardenoj. Ĉi tie, lokanoj kaj vizitantoj povas sidi en socia rondo sub kaŝtanarboj, ĝui bavaran bieron kaj tipajn bavarajn manĝaĵojn kiel brecojn, Obatzda kaj ŝinkokrurojn. La atmosfero en ĉi tiuj bierĝardenoj estas malstreĉita kaj amika, kio faras ilin idealaj lokoj por komforta vespero.

Krom la bierĝardenoj, en Munkeno ekzistas ankaŭ multaj drinkejoj kaj bistroj, kiuj ofertas vastan gamon da trinkaĵoj kaj ofte ankaŭ vivan muzikon. De tradiciaj bavaraj drinkejoj ĝis modernaj koktelbarejoj – la diverseco estas granda.

Noktokluboj kaj Diskotekoj

Por tiuj, kiuj preferas danci kaj festi ĝis la fruaj matenaj horoj, Munkeno proponas multnombrajn noktoklubojn kaj diskotekojn. En ĉi tiuj kluboj, diskistoj ludas aktualajn sukcesojn kaj elektronikan muzikon, kaj la danctabuloj ofte estas plenaj de homoj, kiuj dancas tra la nokto.

Kulturaj Eventoj kaj Teatroj

La nokta vivo de Munkeno ankaŭ ampleksas riĉan kulturan scenon. Ekzistas multaj teatroj, operdomoj kaj koncertejoj, kiuj ofertas vastan aron da prezentadoj, de klasika muziko kaj opero ĝis moderna teatro kaj kabaredo. Ĉi tiuj eventoj ofertas bonegan eblecon pasigi elegantan kaj kulture riĉigan vesperon en Munkeno.

Viva Muziko kaj Ĵazkluboj

Por muzikamantoj, Munkeno havas multon por proponi, precipe kiam temas pri viva muziko. En la urbo estas pluraj ĵazkluboj, kie regule okazas koncertoj. Ankaŭ amantoj de aliaj muzikstiloj povas ĝui, ĉar en Munkeno ofte koncertas bandoj kaj muzikistoj el la tuta mondo.

Kulinariaj Plezuroj Nokte

La nokta vivo en Munkeno ankaŭ estas kulinare diversa. Multaj restoracioj kaj rapidmanĝejoj estas malfermitaj ĝis malfrue nokte, do vizitantoj povas ĝui manĝaĵon aŭ manĝetojn eĉ post noktomezo. De tradicia bavara kuirarto ĝis internaciaj pladoj – la elekto estas granda.

Sekureco Nokte

Unu el la plej bonaj trajtoj de la nokta vivo en Munkeno estas la alta nivelo de sekureco. La publikaj transportoj estas disponeblaj ankaŭ nokte, kaj la urbo ĝenerale estas sekura kaj bone lumigita, kio faciligas moviĝi ankaŭ malfrue vespere.

Konkludo

La nokta vivo en Munkeno estas tiel diversa kaj vigla kiel la urbo mem. Ĉu oni volas malstreĉiĝi en bierĝardeno, danci en klubo, viziti koncerton aŭ simple promeni tra la viglaj stratoj, Munkeno proponas senfinajn eblecojn post la krepusko. Ĉiu vizito al la bavara ĉefurbo devus inkluzivi la sperton de la munkena nokta vivo, por vivi la urbon en ĉiuj ĝiaj diversecoj.

1. Diverseco - Diversity
2. Distraĵoj - Entertainments
3. Heredaĵo - Heritage
4. Vidindaĵoj - Sightseeings
5. Bierĝardeno - Beer garden
6. Kaŝtanarboj - Chestnut trees
7. Brecoj - Pretzels
8. Obatzda - A Bavarian cheese delicacy
9. Ŝinkokruroj - Ham hocks
10. Drinkejo - Pub
11. Koktelbarejo - Cocktail bar
12. Diskoteko - Discotheque
13. Kabaredo - Cabaret
14. Kulinara - Culinary
15. Sekureco - Security

12. Ripoza Tago ĉe la Termo Erding

Post kelkaj tagoj plenaj de esploradoj kaj malkovroj en Munkeno, John kaj Joan decidis pasigi tagon en la Termo Erding por ripozi kaj reenergiiĝi. Ili planis ĝui la tagon en unu el la plej grandaj termaj banejoj de Eŭropo.

Frue en la mateno, ili ekiris al la stacidomo por preni la trajnon al Erding. "Mi tiel antaŭĝojas al la termobanejo," diris Joan, dum ili atendis la trajnon. "Jes, tago por ripozi faros al ni bonon," konsentis John.

Alveninte en Erding, ili iris al la mallonga vojo al la termo. Enirante la instalaĵon, ili estis impresitaj de ĝia grandeco kaj bela dezajno de la spa. Ili komencis sian tagon per promenado tra la diversaj termaj basenoj, ĝuante la varmajn kaj ripozigajn akvojn.

Unu el la kulminaĵoj estis la vizito al la akvoglitoj. Malgraŭ sia plano ripozi, ili ne povis rezisti la tenton havi iom da amuzo. Joan ridegis laŭte, kiam ŝi glitis malsupren la gliton, sekve de John, kiu havis same multe da ĝojo.

Poste, ili retiriĝis al la saŭna areo. Ili provis diversajn saŭnojn, ĉiu kun unika atmosfero kaj aromo. La varmo kaj trankvilo helpis ilin plene ripozi kaj forlasi la ĉiutagan streĉon.

Dum la tago, ili ankaŭ indulgis sin per kelkaj spa-traktadoj. Joan elektis vizaĝan traktadon, dum John ĝuis rilaksigan masaĝon. Ambaŭ sentis sin refreŝigitaj kaj revigligitaj poste.

Por tagmanĝo, ili iris al la spa-kafetario. Ili elektis malpezajn kaj sanajn pladojn, kiuj perfekte kongruis kun ilia ripoza tago. "Ĉi tiu salato estas vere bongusta kaj freŝa," rimarkis Joan, dum ŝi manĝis.

Unu el iliaj plej ŝatataj spertoj estis naĝi en la sala akvobaseno. La sento de flosado en la akvo estis nekredeble trankviliga. Ili pasigis tie longan tempon, ripozante kaj ĝuante la senton de senpezeco.

Poste, ili vizitis la eksteran termĝardenon, kie ili ripozis en la varmaj basenoj inter belaj plantoj kaj floroj. John prenis tempon por legi bonan libron, dum Joan ĝuis la trankvilan medion.

Dum la tago, ili diskutis, kiu parto de la termo estis ilia favorato. "Mi amas la saŭnojn," diris John. "Kaj mi la sala akvobasenon," aldonis Joan.

Antaŭ ol ili forlasis la termojn, ili aĉetis kelkajn spa-produktojn kiel memoron pri ilia ripoza tago. Joan elektis aromaterapian oleon, kaj John decidis por rilaksiga herba losjono.

Malfrue posttagmeze, ili revenis al Munkeno. Ili sentis sin ripozitaj kaj renovigitaj post sia tago ĉe la Termo Erding.

1. Ripozi - To rest
2. Reenergiiĝi - To recharge
3. Termaj banejoj - Thermal baths
4. Stacidomo - Train station
5. Instalaĵo - Facility
6. Akvoglitoj - Water slides
7. Saŭna areo - Sauna area
8. Trankvilo - Tranquility
9. Spa-traktadoj - Spa treatments
10. Vizaĝa traktado - Facial treatment
11. Masaĝo - Massage
12. Refreŝigi - To refresh
13. Sala akvobaseno - Saltwater pool
14. Senpezeco - Weightlessness
15. Aromaterapia oleo - Aromatherapy oil

13. De Stachus ĝis Frauenkirche

John kaj Joan planis por sia antaŭlasta tago en Munkeno esplori kelkajn el la plej famaj vidindaĵoj de la urbo. Ilia unua celo estis Stachus, vigla placo en la koro de Munkeno, ankaŭ konata kiel Karlsplatz.

Kiam ili alvenis ĉe Stachus, ili tuj estis fascinitaj de la vivoplena atmosfero. "Rigardu ĉiujn homojn kaj la stratan tramveturilon," diris Joan entuziasme. Ili admiris la Karlspordegon, la malnovan urbpordon, kaj la belajn konstruaĵojn, kiuj ĉirkaŭis la placon.

De tie, ili promenis en la piedirantonan zonon, kiu etendiĝas de Stachus ĝis Marienplatz. La strato estis flankita de butikoj, kafejoj kaj restoracioj. "Mi povus pasigi la tutan tagon ĉi tie," diris John ride, dum ili preterpasis butikfenestrojn kaj foje enrigardis en vendejon.

Dum sia promenado tra la piediranta zono, ili haltis por gustumi kelkajn bavarajn bongustaĵojn. Joan aĉetis porcion da freŝe bakitaj brecoj, kaj John decidis por dolĉa rulaĵo. "Ĉi tiuj brecoj estas simple deliciaj," diris Joan, mordante en unu.

Ilia sekva celo estis Frauenkirche, unu el la plej konataj preĝejoj de Munkeno. Kiam ili atingis la preĝejon, ili estis imponitaj de ĝia grandeco kaj impona arkitekturo. Ili eniris kaj tuj estis kaptitaj de la trankvilo kaj paca etoso interne. La altaj plafonoj kaj koloraj vitraloj altiris iliajn rigardojn.

"Ĝi estas tiel trankvila kaj bela ĉi tie," flustris Joan. Ili prenis tempon por esplori la preĝejon kaj admiri la historion kaj artverkojn. En silenta angulo, ili ekbruligis kandelojn kaj prenis momenton por siaj pensoj.

Post viziti la preĝejon, ili daŭrigis sian promenadon tra la urbo. Ili malkovris kelkajn ĉarmajn butikojn kaj aĉetis kelkajn suvenirojn kaj donacojn por siaj familio kaj amikoj hejme.

Ĉirkaŭ tagmeze, ili eniris malgrandan kafejon por paŭzi. Dum ili trinkis sian kafon, ili observis la agadon sur la stratoj kaj reflektis pri siaj spertoj en Munkeno. "Estas tiele multe por vidi kaj fari ĉi tie," diris John.

Post ilia paŭzo, ili daŭrigis sian esploradon. Ili vagis tra pliaj stratoj, admiris la arkitekturon kaj ĝuis la vivoplenan atmosferon de la urbo.

Kiam la tago finiĝis, ili revenis al la areo ĉirkaŭ Stachus por ĝui vespermanĝon. Ili trovis tradician bavaran restoracion kaj setlis por korpulenta vespermanĝo. "Ĉi tio estis perfekta tago," diris Joan, rigardante sian ŝnicelon.

Post la vespermanĝo, ili faris lastan promenadon tra la urbo. La lumoj de la urbo estis ŝaltitaj, kaj la stratoj estis lumigitaj, kreante magian atmosferon. Ili faris fotojn kiel memoro pri ilia mirinda tago.

1. Esplori - To explore
2. Vidindaĵoj - Attractions/Sights
3. Placo - Square (as in city square)
4. Tramveturilo - Streetcar
5. Piedirantana zono - Pedestrian zone
6. Butikfenestro - Shop window
7. Bavarajn bongustaĵojn - Bavarian delicacies
8. Preĝejo - Church
9. Arkitekturo - Architecture
10. Trankvilo - Tranquility
11. Vitraloj - Stained glass
12. Artverkojn - Artworks
13. Suvenirojn - Souvenirs
14. Kafejon - Café
15. Ŝnicelon - Schnitzel

La Frauenkirche en Munkeno: Emblemo kun Historio

La Frauenkirche, oficiale konata kiel la Katedralo de Nia Sinjorino, ne nur estas unu el la plej konataj emblemoj de Munkeno sed ankaŭ signifa simbolo de la bavara ĉefurbo. Ĉi tiu impona gotika konstruaĵo ne nur formigas la ĉielon de Munkeno, sed ankaŭ enhavas riĉan historion kaj multajn rakontojn.

Historia Fono

La Frauenkirche estis konstruita en la dua duono de la 15-a jarcento, pli precize inter 1468 kaj 1488. Ĝi estis konstruita sur la restaĵoj de pli malnovaj preĝejoj kaj de tiam ludis centran rolon en la religia kaj kultura historio de Munkeno. La preĝejo servis ne nur kiel loko de adorado sed ankaŭ kiel grava ejo por sociaj kaj reĝaj eventoj.

Arkitekturo kaj Dezajno

La arkitekturo de la Frauenkirche estas impona. La preĝejo estis konstruita en la stilo de malfrua gotiko kaj estas fama pro siaj karakterizaj cepaj turoj, kiuj povas esti viditaj de malproksime. La du turoj altas ĉirkaŭ 99 metrojn, kie la suda turo estas alirebla por la publiko kaj ofertas mirindan vidadon super Munkeno.

La interno de la preĝejo estas same impona. La halpreĝejo posedas trinavon longan navon, transepton kaj koruson kun ĉirkaŭa promeno. Malgraŭ la enorma grandeco de la preĝejo – ĝi povas enhavi ĝis 20,000 homojn – la interno estas tenita simpla, kio donas al la spirita atmosfero de la loko specialan trankvilecon.

Artverkoj kaj Legendoj

En la Frauenkirche troviĝas multnombraj artverkoj, inkluzive de altaroj, skulptaĵoj kaj fenestroj. Unu el la plej konataj artverkoj estas la "Diablopaŝo" aŭ Diabla piedsigno, kiu troviĝas ĉe la enirejo de la preĝejo. Ĉirkaŭ ĉi tiu signo ekzistas fama legendo: la diablo mem inspektis la konstruadon de la preĝejo kaj mokis ĝin pro manko de fenestroj. Fakte, la fenestroj ne estis videblaj de la enirejo, kaj la diablo sentis sin trompita kiam li malkovris tion.

La Preĝejo Hodiaŭ

Hodiaŭ la Frauenkirche ne nur estas loko por diservoj kaj spirita trankvilo, sed ankaŭ turisma allogo. Vizitantoj venas el la tuta mondo por admiri la arkitekturon kaj lerni pli pri la historio kaj legendoj de la preĝejo.

La Frauenkirche ankaŭ travivis malfacilajn tempojn, precipe dum la Dua Mondmilito, kiam ĝi estis grave damaĝita. La restarigo de la preĝejo estis simbolo de la rekonstruado kaj rezisto de Munkeno post la milito.

Konkludo

La Frauenkirche estas pli ol nur preĝeja konstruaĵo; ĝi estas historia emblemo profunde enradikiĝinta en la kulturo kaj historio de Munkeno. Vizito al ĉi tiu preĝejo ne nur ofertas rigardon en la gotikan arkitekturon, sed ankaŭ en la tradiciojn kaj legendojn, kiuj formis la bavaran ĉefurbon. La Frauenkirche estas deviga vizito por ĉiu vizitanto de Munkeno kaj restas esenca parto de la kultura heredaĵo de la urbo.

1. Emblemo - Emblem
2. Simbolo - Symbol
3. Gotika - Gothic
4. Historia Fono - Historical Background
5. Adorado - Worship
6. Arkitekturo - Architecture
7. Malfrua gotiko - Late Gothic
8. Cepaj turoj - Onion domes
9. Halpreĝejo - Cathedral
10. Trinavo - Three aisles
11. Artverkoj - Artworks
12. Legendo - Legend
13. Diablopaŝo - Devil's Footstep
14. Diservoj - Services (religious)
15. Kultura heredaĵo - Cultural Heritage

14.   Floso sur la Izaro

John kaj Joan planis ion specialan por sia sekva tago en Munkeno: floson sur la Izaro. Ili jam multe aŭdis pri ĉi tiu tradicia bavara agado kaj antaŭĝojis sperti la riveron en tute alia maniero.

Frue en la mateno, ili ekiris al la kunvenpunkto, kie la flosovojaĝo devis komenciĝi. "Mi apenaŭ povas atendi vidi la Izaron de la floso," diris Joan ekscitite, dum ili atendis la buson, kiu devus porti ilin al la ekpunta punkto.

Kiam ili alvenis al la rivero, ili estis bonvenigitaj de la pitoreska scenaro. La akvo briletis en la suno, kaj la ĉirkaŭaj verdaj arbaroj ofertis imponan fondon. Ili enŝipiĝis sur la grandan floson, kiu estis tradicie konstruita el ligno kaj ofertis spacon por grupo da homoj.

"Ĉi tio estas kiel granda aventuro," diris John ridante, kiam la floso komencis derivi. La flosovojaĝo estis rilaksa kaj samtempe ekscita, ĉar ili spertis la riveron kaj la naturon el tute nova perspektivo.

Dum la vojaĝo, bavara kapelo sur la floso ludis tradician muzikon. La ĝojaj melodioj kreis festan etoson, kaj baldaŭ kelkaj el la aliaj pasaĝeroj komencis danci. "Ĉu ni ankaŭ dancu?" demandis Joan. Sen hezito, John prenis ŝian manon, kaj ili aliĝis al la ĝoja danco.

La pejzaĝo laŭlonge de la Izaro estis miranda. Ili preterpasis pitoreskajn vilaĝojn, densajn arbarojn kaj verdajn kampojn. Ĉe pli trankvilaj partoj de la rivero, ili povis observi birdojn kaj ĝui la silenton de la naturo.

Por tagmanĝo, sur la floso estis servita tipa bavara manĝeto. Ili ĝuis Leberkäse, Obatzda, brecojn kaj kompreneble freŝan bavaran bieron. "La manĝaĵo gustas duoble pli bone ekstere," diris Joan, dum ŝi mordis sian brecon.

Dum la vojaĝo, ili interparolis kun kelkaj lokanoj, kiuj rakontis al ili pri la tradicio de la flosovojaĝoj. Ili lernis, ke ĉi tiuj vojaĝoj havas longan historion kaj iam estis uzataj por transporti varojn.

Malfrue posttagmeze, la floso atingis sian celon. Ili elŝipiĝis kaj sentis sin refreŝigitaj kaj plenigitaj de la impresoj de la tago. "Ĉi tio estis unika sperto," diris John, dum ili revenis al la buso.

Dum la revojaĝo al Munkeno, ili reflektis pri siaj spertoj dum la flosovojaĝo. "Estis tiel paca sur la akvo, kaj la muziko kaj danco estis tiel amuzaj," diris Joan.

Reveninte al Munkeno, ili ĝuis sian lastan vespermanĝon en la urbo. Ili elektis komfortan restoracion proksime de sia hotelo kaj rememoris la tagon. "Munkeno ofertis al ni tiom multe," diris John. "Jes, mi neniam forgesos ĉi tiun vojaĝon," aldonis Joan.

Post la vespermanĝo, ili faris sian lastan promenadon tra la nokta Munkeno. La urbo estis vigla, kaj la lumoj de la butikoj kaj restoracioj kreis varman atmosferon. Ili faris kelkajn fotojn kiel memoro pri sia tempo en Munkeno.

1. Floso - Raft
2. Izaro - Isar (river)
3. Tradicia - Traditional
4. Kunvenpunkto - Meeting point
5. Pitoreska - Picturesque
6. Scenaro - Scenery
7. Aventuro - Adventure
8. Kapelo - Band (musical)
9. Pejzaĝo - Landscape
10. Birdoj - Birds
11. Leberkäse - A type of meat loaf
12. Obatzda - A Bavarian cheese delicacy
13. Tradicio - Tradition
14. Refreŝigita - Refreshed
15. Impresoj - Impressions

15. Ekskurso al Ĉiemsee

Post sia plena vivsperto en Munkeno, John kaj Joan decidis fari tagan ekskurson al Ĉiemsee, ankaŭ konata kiel la "Bavara Maro". Ili planis veturi per la Prien Vaporfervojo, transiri per ŝipo al la Herreninsel, viziti la palacon tie, kaj poste esplori la Fraueninsel.

Frue en la mateno, ili forlasis sian hotelon en Munkeno kaj prenis trajnon al Prien ĉe Ĉiemsee. "Mi legis, ke la vaporfervojo veturas de Prien ĝis la haveno. Tio certe estos bela vojaĝo," diris Joan, dum ŝi rigardis tra la trajnofenestro al la preterpasanta pejzaĝo.

Alveninte en Prien, ili enŝipiĝis sur la historian vaporfervojon. La nostalgia vojaĝo estis speciala sperto por ambaŭ. "Ŝajnas kvazaŭ ni estas en alia epoko," diris John, dum ili tiktakis tra la pitoreska pejzaĝo.

Alveninte al la haveno, ili prenis la ŝipon al la Herreninsel. La transiro ofertis al ili mirindajn vidojn sur la lagon kaj la ĉirkaŭajn montojn. "Rigardu, oni povas vidi la Alpojn," kriis Joan, montrante al la majestaj montoj en la malproksimo.

Alveninte al la Herreninsel, ili direktiĝis al la fama Kastelo Herrenchiemsee. La kastelo, konstruita de Reĝo Ludoviko la 2-a, estis impona pro sia grandeco kaj luksaĵo. Ili admiris la grandiozajn ĉambrojn, la spegulgalerion kaj la artofajn ĝardenojn. "Estas nekredeble, kiom luksa ĉio estas," rimarkis John.

Post la kastela vizito, ili ĝuis piknikon en la kastela parko. Ili sidis sur herbejo, ĉirkaŭitaj de la naturo kaj la eleganco de la kastelo. "Ĉi tio estas la perfekta loko por pikniko," diris Joan, dum ili ĝuis la trankvilon.

Posttagmeze, ili daŭrigis sian vojaĝon kaj veturis per ŝipo al la Fraueninsel. La malgranda insulo estis ĉarma kun siaj mallarĝaj stratoj, koloraj domoj kaj la pitoreska monaĥejo. Ili flanis tra la stratoj, vizitis malgrandajn butikojn kaj la monaĥejon.

"Ĉi tiu insulo estas tiel paca kaj bela," diris Joan. Ili partoprenis en gvidita vizito de la monaĥejo kaj lernis pli pri la historio kaj la vivo de la monaĥinoj tie.

Pli malfrue en la tago, ili revenis al unu el la malgrandaj kafejoj de la insulo. Ili ĝuis kafon kaj kukon, dum ili rigardis al la lago. "Ĉi tio estas la perfekta fino por nia ekskurso," diris John.

Kiam la suno komencis subiri, ili prenis la lastan ŝipon reen al la firmtero. Dum la revojaĝo, ili reflektis pri sia tago ĉe Ĉiemsee. "La vizito al la kastelo kaj la insuloj vere estis unika," diris Joan.

Reveninte al Prien, ili prenis la trajnon reen al Munkeno. Dum la vojaĝo, ili dividis siajn fotojn kaj impresojn de la tago. Ili konsentis, ke Ĉiemsee kaj ĝiaj insuloj estis kulmino de ilia vojaĝo.

Reveninte al Munkeno, ili ĝuis malfruan vespermanĝon en loka restoracio. Ili parolis pri siaj spertoj kaj planis sian lastan nokton en la urbo. Elĉerpitaj, sed kontentaj, ili revenis al sia hotelo.

1. Ekskurso - Excursion
2. Bavara Maro - Bavarian Sea
3. Vaporfervojo - Steam Train
4. Herreninsel - Herren Island
5. Palacon - Palace
6. Fraueninsel - Frauen Island
7. Pejzaĝo - Landscape
8. Nostalgia - Nostalgic
9. Majestaj - Majestic
10. Kastelo - Castle
11. Spegulgalerion - Hall of Mirrors
12. Piknikon - Picnic
13. Ĉarma - Charming
14. Monaĥejo - Monastery
15. Impresojn - Impressions

Herrenchiemsee: Reĝa Kastelo sur Idilia Insulo

Herrenchiemsee, grandioza kastelo sur la samnoma insulo en Ĉiemseo, Bavario, estas unu el la plej impresaj konstruaĵoj de Reĝo Ludoviko la 2-a de Bavario. Ĉi tiu kastelo, ofte nomata kiel la "bavara Versajlo", altiras per sia majesta arkitekturo kaj pitoreska loko jare multnombrajn vizitantojn.

La Kreado de Herrenchiemsee

Reĝo Ludoviko la 2-a, konata pro sia amo al luksaj kaj ekstravagantaj konstruaĵoj, komisiis la konstruadon de la Kastelo Herrenchiemsee kiel omaĝo al la franca Reĝo Ludoviko la 14-a kaj al la Kastelo de Versajlo. La konstruado komenciĝis en 1878, sed ĝi neniam estis plene finita post la morto de Ludoviko en 1886. Tamen, Herrenchiemsee restas inter la plej gravaj kaj impresaj vidindaĵoj en Bavario.

La Arkitekturo de la Kastelo

La arkitekturo de Herrenchiemsee estas karakterizita per luksaj ĉambroj, artaj ornamaĵoj kaj abunda ekipaĵo. Aparte rimarkindaj estas la Granda Spegulsalo, la grandiozaj dormoĉambroj kaj la ĝenerozaj akceptejoj, ĉiuj desegnitaj en la stilo de la franca rokoko. La detalemaj murpentraĵoj, la luksecaj kristalaj lustroj kaj la arthistorie prilaboritaj mebloj atestas pri la ekstravaganca gusto de Reĝo Ludoviko la 2-a.

La Ĝardenoj de Herrenchiemsee

La kastelaj ĝardenoj estas tiel impresaj kiel la kastelo mem. Ili estas desegnitaj en la stilo de francaj barokaj ĝardenoj kaj ofertas perfektan kombinon de artaj florbordoj, simetria vojaro kaj dekoraciaj akvofontanoj. La ĝardenoj ofertas mirindan vidadon al la kastelo kaj invitas al promenado kaj ripozado.

Vizito al la Insulo Herrenchiemsee

La alveno al la Kastelo Herrenchiemsee jam estas sperto mem. La insulo estas alirebla nur per boato, kio donas specialan ĉarmon al la vojaĝo. Dum la transiro, vizitantoj ĝuas la belegan vidadon al Ĉiemseo kaj la ĉirkaŭantan montaran pejzaĝon.

La Muzeo kaj la Ekspozicioj

En la kastelo ankaŭ troviĝas muzeo, dediĉita al la vivo kaj verkoj de Reĝo Ludoviko la 2-a. Vizitantoj povas lerni pli pri la "Fabelreĝo" kaj liaj aliaj famaj konstruaĵoj, kiel Neŭŝvajnŝtejno kaj Linderhof. Krome, en Herrenchiemsee regule okazas specialaj ekspozicioj pri diversaj temoj.

Konkludo

Herrenchiemsee estas loko de historia kaj kultura signifo, kiu allogas vizitantojn el la tuta mondo. La kombinaĵo de la impona arkitekturo de la kastelo, la mirindaj ĝardenoj kaj la idilia loko sur insulo faras Herrenchiemsee nekredeblan sperton. Ĝi estas atesto de la kreemo kaj la ekstreme gusto de Reĝo Ludoviko la 2-a kaj proponas unikan rigardon en la bavara historio kaj kulturo.

1. Grandioza - Magnificent
2. Majesta - Majestic
3. Pitoreska - Picturesque
4. Ekstravagantaj - Extravagant
5. Omaĝo - Tribute
6. Rokoko - Rococo
7. Detalemaj - Detailed
8. Luksecaj - Luxurious
9. Arthistorie - Art historically
10. Barokaj - Baroque
11. Florbordoj - Flower beds
12. Simetria - Symmetrical
13. Akvofontanoj - Water fountains
14. Ĉarmon - Charm
15. Fabelreĝo - Fairy-tale king

16. Ekskurso al Augsburg

John kaj Joan, kiuj tre ĝuis sian tempon en Munkeno, decidis fari tagan ekskurson al Augsburg. Augsburg, konata pro sia riĉa historio kaj bela arkitekturo, estis la perfekta loko por fini sian vojaĝon en Bavario. Frue matene, ili forlasis sian hotelon kaj prenis trajnon al Augsburg. Dum la vojaĝo, ili ekscite interparolis pri tio, kion ili spertus tiun tagon. "Mi legis, ke Augsburg estas unu el la plej malnovaj urboj de Germanio," diris Joan. "Jes, kaj ĝi havas fascinan roman historion," aldonis John.

Alveninte en Augsburg, ili komencis sian tagon per urba rondiro. La stratoj de Augsburg estis plenaj de historiaj konstruaĵoj, ĉarmaj kafejoj, kaj pitoreskaj placoj. Ili promenis tra la malnova urbo, admiris la malnovajn konstruaĵojn, kaj sentis la historion ĉirkaŭ ili. Ilia unua haltigo estis la Romia Muzeo, kiu dediĉiĝis al la romia historio de la urbo. En la muzeo, ili vidis multajn antikvajn artefaktojn, inkluzive de moneroj, skulptaĵoj, kaj malnovaj dokumentoj. "Estas impresige, kiel bone tiuj objektoj estas konservitaj," rimarkis John, dum ili marŝis tra la ekspozicio.

Post la vizito al la muzeo, ili iris al la Fuggerei, la plej malnova ekzistanta sociala setlejo en la mondo. Ili estis fascinitaj de la historio de la Fuggerei kaj ĝia signifo por la urbo. La malgrandaj domoj kaj la bone prizorgitaj ĝardenoj transdonis al ili senton de komunumo kaj historio. "La Fuggerei estas kiel malgranda urbo en la urbo," diris Joan. Ili marŝis tra la mallarĝaj stratoj, rigardis la malgrandajn domojn, kaj legis pri la vivmaniero de la homoj, kiuj vivis tie tra la jarcentoj.

Por tagmanĝo, ili eniris en tradician Augsburgan restoracion. Ili mendis tipajn suabajn pladojn kaj ĝuis sian manĝon en la komforta atmosfero de la restoracio. "Ĉi tiu suaba manĝo estas tiel nutra kaj bongusta," diris Joan.

Post tagmanĝo, ili daŭrigis sian esploradon kaj vizitis kelkajn el la famaj preĝejoj de Augsburg, inkluzive de la grandioza preĝejo de Sankta Ulrich kaj Afra. La arkitekturo kaj la artaj internaĵoj de la preĝejoj estis impresaj.

Malfrue posttagmeze, ili faris trankvilan promenon laŭlonge de la Lech, la rivero, kiu fluas tra Augsburg. La vido al la akvo kaj la ĉirkaŭaj konstruaĵoj estis paca kaj pitoreska.

Kiam la tago finiĝis, ili revenis al la stacidomo por preni la trajnon reen al Munkeno. Dum la revojaĝo, ili parolis pri siaj spertoj en Augsburg. "Estis tiel interese lerni pli pri la romia historio kaj la Fuggerei," diris John.

Reveninte en Munkeno, ili ĝuis sian lastan vespermanĝon en la urbo. Ili reflektis pri sia tuta vojaĝo kaj la mirindaj spertoj, kiujn ili havis. "Ĉi tiu vojaĝo estis vere nekredebla," diris Joan. "Jes, Bavario ofertis al ni tiom multe," konsentis John.

1. Ekskurso - Excursion
2. Riĉa historio - Rich history
3. Arkitekturo - Architecture
4. Trajno - Train
5. Romia historio - Roman history
6. Urbaj rondiroj - City tours
7. Antikvaj artefaktoj - Ancient artifacts
8. Sociala setlejo - Social housing complex
9. Tagmanĝo - Lunch
10. Sŭabaj pladoj - Swabian dishes
11. Preĝejoj - Churches
12. Impona - Impressive
13. Promenado - Walk
14. Lech (rivero) - Lech (river)
15. Spertoj - Experiences

Augsburg: Urbo kun Riĉa Historio

Augsburg, unu el la plej malnovaj urboj de Germanio situanta en Bavario, havas longan kaj fascinan historion, kiu etendiĝas reen al la tempo de la romianoj. Kiel historia urbo, Augsburg travivis multajn epokojn kaj hodiaŭ prezentas sin kiel lokon, kiu honoras sian pasintecon, dum ĝi samtempe rigardas al la estonteco.

La Romia Fondiĝo kaj la Mezepoko

La historio de Augsburg komenciĝas en la jaro 15 a.K., kiam la romianoj fondis setlejon nomatan Augusta Vindelicorum. Ĉi tiu setlejo rapide evoluis al grava komerca centro. Dum la mezepoko, Augsburg fariĝis libera imperia urbo kaj ludis gravan rolon en la Sankta Romia Imperio. Dum ĉi tiu periodo, Augsburg spertis floran periodon de komerco kaj metiarto. La Fugger kaj Welser, du el la plej potencaj kaj riĉaj komercistaj familioj de Eŭropo, estis bazitaj en Augsburg. Ilia influo kaj riĉeco grave kontribuis al la ekonomia kaj kultura disvolviĝo de la urbo.

La Reformacio kaj Ĝiaj Sekvoj

En la 16-a jarcento, Augsburg ludis ŝlosilan rolon en la Reformacio. En 1530, la Augsburga Konfeso, unu el la plej gravaj skriboj de la protestanta Reformacio, estis prezentita ĉi tic. La urbo ankaŭ fariĝis la scenejo de la Augsburga Religia Paco de 1555, kiu kreis provizoran pacon inter katolikoj kaj protestantoj en la Sankta Romia Imperio.

La 19-a Jarcento kaj la Industriigo

Enirante la 19-an jarcenton, Augsburg spertis signifan ŝanĝon per la industriigo. La teksaĵa kaj maŝinproduktada industrio floris, kaj Augsburg fariĝis unu el la industrijaj centroj de Bavario. Multaj el la historiaj fabrikoj kaj laboristaj domoj el tiu tempo ankoraŭ estas videblaj en la urbo hodiaŭ, rakontante pri la industria pasinteco.

Augsburg Dum la Dua Mondmilito

Dum la Dua Mondmilito, Augsburg suferis gravajn damaĝojn pro aeratakoj. Multaj historiaj konstruaĵoj estis detruitaj aŭ difektitaj. Post la milito, la rekonstruado de la urbo komenciĝis, klopodante konservi kaj restarigi la historian arkitekturon.

Modernaj Evoluoj

Dum la lastaj jardekoj, Augsburg evoluis al moderna kaj vigla urbo. La urbo estas konata pro siaj kulturaj eventoj, muzeoj, kaj universitatoj. Malgraŭ la modernigo kaj disvolviĝo, Augsburg zorge konservas sian historian heredaĵon, kio estas videbla en la bone konservitaj mezepokaj stratoj kaj konstruaĵoj.

Konkludo

La historio de Augsburg estas markita per ŝanĝo kaj kresko. La urbo travivis gravajn historiajn eventojn kaj estis atestanto de signifaj kulturaj kaj ekonomiaj disvolviĝoj. Hodiaŭ, Augsburg prezentas sin kiel urbon, kiu honoras sian riĉan pasintecon, dum ĝi rigardas al dinamika kaj promesplena estonteco. Vizito en Augsburg estas do vojaĝo tra tempo, kiu permesas al vizitantoj mergiĝi en la ekscitan historion de Bavario kaj Germanio.

1. Aeratakoj - Aerial attacks
2. Ekonomia disvolviĝo - Economic development
3. Fondiĝo - Foundation
4. Historia - Historical
5. Historia heredaĵo - Historical heritage
6. Industriigo - Industrialization
7. Komercista familioj - Merchant families
8. Komerco kaj metiarto - Commerce and craftsmanship
9. Konfeso - Confession
10. Kulturaj eventoj - Cultural events
11. Mezepoka - Medieval
12. Reformacio - Reformation
13. Rekonstruado - Reconstruction
14. Setlejo - Settlement
15. Teksado - Textile

17. La Oktoberfesto

Post multaj tagoj plenaj de esploradoj kaj malkovroj en Bavario, John kaj Joan havis la ŝancon viziti la faman Oktoberfeston en Munkeno. Ĝi estis la kulmino de ilia vojaĝo kaj ili antaŭĝojis sperti la plej grandan popolfeston en la mondo.

Matene de la Oktoberfesto, ili frue ekiris por eviti la homamason. "Mi aŭdis, ke ĉi tie povas fariĝi tre plenplena," diris John, kiam ili alproksimiĝis al la festplaco. La koloroj, la muziko, kaj la ĝoja etoso jam de malproksime bonvenigis ilin.

Ili eniris la festareon kaj tuj estis superfortitaj de la grandeco kaj amplekso de la festo. Ĉie estis odoroj de rostitaj migdaloj, bratvurstoj kaj freŝe bakitaj brecleroj. "Ĝi tiel bone odoras ĉi tie," diris Joan ridetante.

Ilia unua haltigo estis unu el la grandaj festotendoj. Ili trovis lokon ĉe unu el la longaj tabloj kaj mendas siajn unuajn Maß da biero. "Je via sano!" ili diris kaj tintigis siajn bierkrugojn. La biero gustis refreŝige kaj ili ĝuis la viglan atmosferon en la tendo.

Dum ili trinkis sian bieron, ili observis la homojn ĉirkaŭ ili. Multaj portis tradiciajn bavarajn kostumojn – la virojn en ledhosenoj kaj la virinojn en dirndloj. "Ni ankaŭ devintus porti kostumojn," diris Joan ridante.

Baldaŭ la muziko komencis ludi. Blasmuzika kapelo ludis tradician bavaran muzikon kaj la etoso en la tendo altiĝis. Kelkaj gastoj komencis danci kaj John kaj Joan lasis sin esti kaptitaj de la ĝoja etoso.

Post ilia restado en la festotendo, ili decidis esplori la festareon. Ili promenis preter veturiloj, pafstandoj kaj suveniraĵbudoj. John provis sian ŝancon ĉe la forto-ludo kaj Joan aĉetis lebkuchenkoron kun la skribo "Schatzi".

Ili manĝis tagmanĝon ĉe unu el la multaj manĝostandoj. Joan elektis duonan hendlon kaj John porcion de ŝvineja krurparto. "La manĝaĵo estas simple bongusta," diris John, dum li mordis en sian ŝvinejan krurparton.

Posttagmeze, ili provis kelkajn el la veturiloj. Ili ridis kaj kriis pro ĝojo, dum ili veturis sur la montorulilo kaj sidadis en la granda rado. De supre, ili havis mirindan vidadon super la tuta festareo.

Kiam la vespero alvenis, ili eniris alian festotendon. Ĉi-foje, ili elektis iom pli trankvilan tendon por ĝui la vespermanĝon. Ili mendas bavarajn specialaĵojn kaj alian Maß da biero.

Dum la vespermanĝo, ili parolis pri siaj spertoj ĉe la Oktoberfesto. "Ĝi estas tiel malsama ol ĉio, kion ni ĝis nun spertis," diris Joan. "Jes, la atmosfero ĉi tie estas simple unika," konsentis John.

Post la manĝo, ili faris lastan rondiron tra la festareo. La lumoj de la veturiloj kaj budoj brile lumis en la nokto kaj la muziko daŭre ludis. Ili ĝuis la senzorgan etoson kaj la ĝojon de la homoj ĉirkaŭ ili.

Fine, laciĝintaj sed feliĉaj, ili ekiris reen al sia hotelo. "Tio estis nekredebla tago," diris Joan. "Jes, la Oktoberfesto vere estas io speciala," konsentis John.

Reveninte al la hotelo, ili falis en liton, laciĝintaj sed plenaj de la impresoj kaj spertoj de la tago. Ili dormis profunde, sonĝante pri la muziko, la danco kaj la ĝojo de la Oktoberfesto.

1. Bierkrugoj - Beer mugs
2. Blasmuzika kapelo - Brass music band
3. Dirndloj - Traditional Bavarian dresses
4. Esploradoj - Explorations
5. Festotendo - Festival tent
6. Homamaso - Crowd
7. Hendlon - Roasted chicken
8. Kulmino - Climax
9. Ledhosenoj - Leather pants
10. Lebkuchenkoro - Gingerbread heart
11. Maß - A unit of beer (1 liter)
12. Montorulilo - Roller coaster
13. Senzorga etoso - Carefree atmosphere
14. Suveniraĵbudoj - Souvenir booths

Oktoberfesto kaj Printempfesto: Du Festoj, kiuj Formas Munkenon

En Munkeno, la bavara landĉefurbo, la Oktoberfesto kaj la Printempfesto estas du el la plej gravaj kaj plej grandaj popolfestoj. Dum la mondfama Oktoberfesto ĉiujare allogas milionojn da vizitantoj, la Printempfesto, kiel pli malgranda ekvivalento, ofertas ankaŭ multe da amuzo kaj distraĵoj en tradicia bavara stilo.

Oktoberfesto: La plej granda popolfesto en la mondo

La Oktoberfesto, ofte simple nomata "Wiesn", okazas ĉiujare de fino de septembro ĝis komenco de oktobro. Ĝi komenciĝis en la jaro 1810 kiel festado de la geedziĝo de Kronprinco Ludwig kaj Princino Therese de Saksio-Hildburghausen. Hodiaŭ, la festo estas tutmonda altiro, kiu allogas vizitantojn el la tuta mondo.

Sur la festareo, la Theresienwiese, staras grandaj festotendoj, kiujn funkciigas Munkenaj bierfarejoj. En ĉi tiuj tendoj, vizitantoj povas ĝui tradiciajn bavarajn pladojn kiel Hendl (rostkokaĵo), Schweinshaxe, kaj Brezeln, dum ili trinkas bieron po litroj. La etoso en la tendo estas gaja kun viva muziko kaj kantado.

Tamen, la Oktoberfesto ofertas pli ol nur manĝon kaj trinkon. Estas multnombraj veturiloj, de montoruliloj ĝis nostalgaj karuseloj, kaj ankaŭ ludoj kaj pafstandoj. Por familioj, estas specialaj tagoj kun reduktitaj prezoj por veturiloj kaj allogaĵoj.

Printempfesto: La malgranda Oktoberfesto

La Munkena Printempfesto, ofte priskribita kiel "la malgranda Oktoberfesto", okazas ĉiujare de fino de aprilo ĝis komenco de majo. Kvankam ĝi estas malpli konata, la Printempfesto ofertas similan sperton kiel la Oktoberfesto, tamen en iom pli malgranda kaj familie amika kadro.

Ankaŭ ĉe la Printempfesto, estas grandaj bierotendoj kaj abunda oferto de tradiciaj bavaraj manĝaĵoj kaj trinkaĵoj. La etoso estas, simile kiel ĉe la Oktoberfesto, ĝoja kaj gaja, kun blovmuziko kaj popoldancoj.

Krome, ĉe la Printempfesto ankaŭ estas multnombraj veturiloj kaj allogaĵoj por ĉiuj aĝgrupoj. La festo estas aparte populara inter lokanoj, ĉar ĝi estas malpli plenplena kaj ofertas pli rilaksan atmosferon.

Kultura Signifo de la Festoj

Kaj la Oktoberfesto kaj la Printempfesto estas profunde enradikiĝintaj en la bavara kulturo. Ili ofertas ŝancon sperti bavarajn tradiciojn, de kostumoj kiel ledhosenoj kaj dirndloj ĝis regiona muziko kaj danco. Ĉi tiuj festoj ne nur altiras turistojn, sed ankaŭ estas grava parto de la socia vivo por munkenanoj.

Konkludo

La Oktoberfesto kaj la Printempfesto ambaŭ estas elstaraj eventoj en la munkena eventokalendaro. Dum la Oktoberfesto kun sia internacia famo estas la plej granda popolfesto en la mondo, la Printempfesto ofertas similan, sed pli intiman sperton. Ambaŭ festoj estas perfektaj okazoj por mergi sin en la bavaran kulturon kaj vivi ne forgesindajn momentojn en Munkeno.

1. alloĝas - attracts
2. amuzo - amusement
3. bierfarejoj - breweries
4. Brezeln - pretzels
5. distraĵoj - entertainments
6. festotendoj - festival tents
7. landĉefurbo - capital city
8. ledhosenoj - leather pants (traditional Bavarian attire)
9. montoruliloj - roller coasters
10. nostalgicaj karuseloj - nostalgic carousels
11. pafstandoj - shooting booths
12. popolfesto - folk festival
13. rostkokaĵo (Hendl) - roast chicken
14. Schweinshaxe - pork knuckle
15. ekvivalento - equivalent

18. La Nazia Pasinteco de Munkeno

John kaj Joan rezervis tagon de sia vojaĝo en Munkeno por lerni pri la malhela pasinteco de la urbo dum la nazia epoko. Estis grava por ili kompreni ĉi tiun flankon de la historio kaj esplori kiel Munkeno traktas sian pasintecon.

Ili komencis sian tagon per vizito al la Dokumentadcentro pri la Historio de Naciismo. La centro situas sur la tereno de la iama "Bruna Domo", la ĉefsidejo de la NSDAP (Nacia Socialisma Germana Laborista Partio). "Gravas memori ĉi tiun tempon kaj lerni el ĝi," diris Joan, dum ili eniris la modernan konstruaĵon.

En la Dokumentadcentro, ili vidis diversajn ekspoziciojn dokumentantajn la supreniron de la nazioj, la vivon sub la diktaturo, kaj la sekvojn de la Dua Mondmilito. Ili legis personajn rakontojn, vidis historiajn fotografiojn kaj lernis pri la rezistmovadoj kontraŭ la reĝimo. "Malfacilas kompreni, kiel io tia povis okazi," diris John penseme.

Post pasigi iom da tempo en la Dokumentadcentro, ili direktiĝis al lokoj en Munkeno, kiuj ludis gravan rolon en la nazia historio. Ilia unua haltigo estis la Königsplatz, kiu estis uzata por masaj eventoj de la nazioj. Hodiaŭ, la placo estas loko de meditado kaj memoro.

Dum ilia promenado, ili preterpasis la "Führerbau", kie estis subskribita la Munkena Interkonsento. "Strange estas stari en loko, kie tiom da historio estis skribita," diris Joan.

Ili ankaŭ vizitis la Hofbräuhaus, kie la NSDAP havis siajn fruajn kunvenojn. La kontrasto inter la nuna ĝoja atmosfero de la bierhalo kaj ĝia pasinteco estis frapanta. "Ĝi montras, kiel lokoj povas ŝanĝi sian signifon tra la tempo," rimarkis John.

Por tagmanĝo, ili eniris malgrandan kafejon, kie ili havis la ŝancon pripensi pri tio, kion ili lernis. "Tiom grave estas memori la pasintecon por eviti la samajn erarojn en la estonteco," diris Joan.

Posttagmeze, ili vizitis la Placon de la Viktimoj de la Naciismo, monumenton por la viktimoj de la reĝimo. Ili pasigis iom da tempo en silento, por honori la viktimojn.

Ilia lasta haltigo estis la Universitato de Munkeno, kie ili vizitis la memorejon por la Blanka Rozo, studentogrupo kiu rezistis kontraŭ la nazia reĝimo. "La historio de la Blanka Rozo estas tiel inspira," diris Joan. "Ĝi memorigas nin, ke kuraĝo kaj rezisto ĉiam eblas," aldonis John.

Je la fino de ilia tago, John kaj Joan estis profunde tuŝitaj de ĉio, kion ili vidis kaj lernis. "Hodiaŭ estis tre pripensema tago," diris John, dum ili faris sian vojon reen al la hotelo.

Reen en la hotelo, ili daŭre parolis pri la signifo de la tago kaj kiel grave estas kompreni kaj respekti la historion. Ili endormiĝis kun profunda sento de meditado kaj respekto por la historio, kiu formis Munkenon kaj la mondon.

1. Diktaturo - Dictatorship
2. Dokumentadcentro - Documentation Center
3. Ekspozicioj - Exhibitions
4. Führerbau - Führer Building
5. Historiaj - Historical
6. Königsplatz - King's Square
7. Malhela - Dark
8. Meditado - Meditation
9. Memorejo - Memorial
10. Naciismo - Nationalsocialism
11. Nazia epoko - Nazi era
12. Pasinteco - Past
13. Rezistmovadoj - Resistance movements
14. Sekvoj - Consequences
15. Viktimoj - Victims

La Hitler-Puĉo de 1923: Turnopunkto en la Germana Historio

La 8-an de novembro 1923, Adolf Hitler, la gvidanto de la Nacia Socialisma Germana Laborista Partio (NSDAP), entreprenis puĉprovon en Munkeno, kiu fariĝis konata kiel la Hitler-Puĉo aŭ

Bierkelerpuĉo. Ĉi tiu evento markis gravan momenton en la germana historio kaj havis vastajn sekvojn por la lando.

Fono de la Puĉo

En la fruaj 1920-aj jaroj, Germanio troviĝis en profunda ekonomia kaj politika krizo. La malvenko en la Unua Mondmilito kaj la severaj kondiĉoj de la Versajla Traktato kondukis al granda malkontento inter la loĝantaro. En ĉi tiu tempo de ŝanĝo, ekstremismaj partioj, inkluzive de la NSDAP, gajnis subtenon.

La Kurso de la Puĉo

Hitler kaj liaj sekvantoj planis renversi la bavaran registaron kaj komenci marŝon al Berlino, simile al la Marŝo al Romo, kiu alportis Benito Mussolini al potenco en Italio. La puĉo komenciĝis en la vespero de la 8-a de novembro en bierkeler en Munkeno, kie Hitler faris paroladon kaj anoncis sian intencon preni la potencon.

Hitler kaj liaj sekvantoj, inkluzive de Erich Ludendorff, fama generalo el la Unua Mondmilito, marŝis tra Munkeno la sekvan tagon. Ili esperis ricevi subtenon de la popolo kaj la armeo, sed renkontis reziston de la bavara polico kaj la registaro.

La puĉprovo finiĝis la 9-an de novembro per pafinterŝanĝo sur la Odeonsplatz en Munkeno. Hitler estis arestita kaj la puĉo estis subpremita.

Sekvoj de la Puĉo

La malsukcesa puĉo havis signifajn sekvojn. Hitler estis kondamnita al kvin jaroj da fortika malliberejo, el kiuj li tamen sidadis malpli ol unu jaron. Dum sia enkarcerigo, li verkis "Mein Kampf", libron kiu prezentas sian ideologion kaj siajn planojn por Germanio.

La puĉprovo alportis nacian atenton al Hitler kaj la NSDAP. Kvankam la puĉo mem malsukcesis, Hitler uzis la tempon post sia liberigo por reorganizi la NSDAP kaj fortigi sian potenbazon.

La eventoj de la puĉo kaj la sekvaĵaj jaroj kontribuis al la preparo de la vojo por la posta supreniro de Hitler al potenco.

Memoro kaj Memorigo

Hodiaŭ en Munkeno malmulte memorigas pri la Hitler-Puĉo. Tamen, ekzistas kelkaj memorejoj kaj informtabuloj kiuj rememorigas pri la eventoj kaj la viktimoj de la puĉo. La puĉo estas malluma ĉapitro en la germana historio kaj estas konsiderata kiel averto pri la danĝeroj de ekstremismo kaj totalisma potenco.

Konkludo

La Hitler-Puĉo de 1923 estis turnopunkto en la germana historio. Ĝi montras kiel politikaj tumultoj kaj ekonomiaj krizoj povas pavimi la vojon por ekstremismaj movadoj. La eventoj en Munkeno en 1923 estas grava ekzemplo de kiel decida estas defendi la demokration kaj batali kontraŭ totalitaraj streboj.

1. Bavara - Bavarian
2. Ekonomia - Economic
3. Ekstremisma(j) partio(j) - Extremist parties
4. Enkarcerigo - Imprisonment
5. Fono - Background
6. Fortika mallib
erejo - Fortress prison
7. Ideologio - Ideology
8. Kondiĉoj - Conditions
9. Krizo - Crisis
10. Malvenko - Defeat
11. Malkontento - Dissatisfaction
12. Marŝo al Romo - March on Rome
13. Nacia Socialisma Germana Laborista Partio (NSDAP) - National Socialist German Workers' Party
14. Pafinterŝanĝo - Gunfire exchange
15. Puĉo - Coup

19.   Kastelo Grünwald

Post multaj tagoj plenaj de esploradoj en Munkeno, John kaj Joan decidis pasigi trankvilan tagon ĉe Kastelo Grünwald, historia kastelo ĉe la rando de Munkeno. Ili volis ĝui la trankvilan atmosferon kaj la historion de la kastelo.

Matene ili forlasis sian hotelon kaj prenis buson, kiu ilin rekte kondukis al Kastelo Grünwald. La vojaĝo tien gvidis ilin tra pitoreskaj pejzaĝoj kaj malgrandaj vilaĝoj. "Mi antaŭĝojas lerni pli pri la historio de la kastelo," diris Joan, dum ŝi rigardis el la fenestro al la preterpasanta pejzaĝo.

Alveninte ĉe la kastelo, ili estis impresitaj de la majesta aspekto de la konstruaĵo. La kastelo superregis sur monteto kaj ofertis mirigan vidadon al la ĉirkaŭaj arbaroj kaj kampoj. "Ĝi aspektas kiel el fabelo," rimarkis John.

Ili eniris la kastelon kaj komencis sian esploradon. En la kastelo estis diversaj ekspozicioj, kiuj pritraktis la historion de la kastelo kaj la regiono. Ili vidis malnovajn kirasaĵojn, armilojn kaj pentraĵojn, kiuj prezentis la vivon en la mezepoko. "Estas fascine vidi, kiel la homoj tiam vivis," diris Joan.

Dum ilia rondirado, ili ankaŭ venis en la kastelkorton, malferman lokon kun mirinda vido al la pejzaĝo. Ili prenis momenton por ĝui la trankvilon kaj la belecon de la ĉirkaŭaĵo.

Por tagmanĝo, ili eniris la malgrandan kafejon de la kastelo. Dum ili manĝis, ili havis belan vidadon al la pejzaĝo. "Ĉi tiu loko estas tiel paca," diris John, dum li prenis mordon de sia sandviĉo.

Post tagmanĝo, ili daŭrigis sian esploradon. Ili supreniris la turon de la kastelo, de kie ili havis ankoraŭ pli impresan vidadon al la ĉirkaŭaĵo. "Oni povas vere vaste vidi," diris Joan, dum ŝi admiris la vidadon.

Dum la posttagmezo, ili promenis tra la ĝardenoj de la kastelo. La ĝardenoj estis bone prizorgitaj kaj plenaj de koloraj floroj kaj plantoj. Ili ĝuis la trankvilan atmosferon kaj la freŝan aeron.

Proksimume al la fino de sia vizito, ili vizitis la suvenirbutikon de la kastelo. Ili aĉetis poŝtkartojn kaj malgrandajn memoraĵojn por memori sian viziton. "Ĉi tio estos bela rememoraĵo pri nia tago ĉi tie," diris Joan, dum ŝi rigardis manfaritan keramikaĵon.

Kiam la tago finiĝis, ili prepariĝis por la reveno al Munkeno. Dum la revojaĝo, ili parolis pri siaj spertoj ĉe Kastelo Grünwald. "Ĝi estis tiel bela kaj ripoziga tago," diris Joan.

Reveninte al Munkeno, ili ĝuis sian lastan vespermanĝon en la urbo. Ili parolis pri sia tuta vojaĝo, la lokojn, kiujn ili vizitis,, kaj la memorojn, kiujn ili kreis. "Munkeno kaj ĝia ĉirkaŭaĵo ofertas tiom multe," diris John.

1. Arbaroj - Forests
2. Armilojn - Weapons
3. Ĉirkaŭaĵo - Surroundings
4. Ekspozicioj - Exhibitions
5. Esploradoj - Explorations
6. Fabelo - Fairy tale
7. Ĝardenoj - Gardens
8. Historio - History
9. Impresita - Impressed
10. Kampoj - Fields
11. Kastelo - Castle
12. Kirasaĵojn - Armors
13. Korton - Courtyard
14. Mezepoko - Middle Ages
15. Pejzaĝoj - Landscapes

Kastelo Grünwald: Historia Juvelo en Munkeno

Kastelo Grünwald, situanta en antaŭurbo de Munkeno, estas impona atesto de mezepoka arkitekturo kaj signifa historia loko en Bavario. Ĝi ofertas fascinan enrigardon en la historion kaj kulturon de la mezepoko kaj estas populara ekskursejo por lokanoj kaj turistoj.

Historio de Kastelo Grünwald

La historio de Kastelo Grünwald etendiĝas ĝis la malfrua 13-a jarcento. Ĝi estis origine konstruita kiel ĉasdomo por la Wittelsbachs, la dukoj de Bavario. Tra la jarcentoj, ĝi servis diversajn celojn, inkluzive kiel malliberejo kaj kiel administra sidejo. Hodiaŭ, la kastelo estas muzeo malfermita al la publiko.

La Arkitekturo de la Kastelo

Kastelo Grünwald estas tipa mezepoka fortikaĵo kun dikaj muroj, granda turo, kaj kastelkorto. La arkitekturo de la kastelo reflektas la diversajn epokojn de ĝia uzo. Vizitantoj povas grimpadi la ĉefturon kaj de tie ĝui mirindan vidadon al la ĉirkaŭa pejzaĝo kaj la rivero Isar.

La Muzeo en la Kastelo

La muzeo en Kastelo Grünwald estas elstaraĵo por historiemuloj. Ĝi gastigas kolekton de artefaktoj, kiuj lumigas la historion de la kastelo kaj la regiono. La ekspoziciaĵoj inkluzivas mezepokajn armilojn, kirasaĵojn, kaj ilojn, kaj ankaŭ informojn pri la ĉiutaga vivo en la mezepoko.

Eventoj kaj Aktivecoj

Kastelo Grünwald ne estas nur muzeo, sed ankaŭ loko por kulturaj eventoj. Regule okazas tie koncertoj, teatraj prezentoj, kaj historiaj festivaloj. Ĉi tiuj eventoj ofertas vivan kaj interaktivan manieron sperti historion.

La Ĉirkaŭaĵo de la Kastelo

La ĉirkaŭaĵo de Kastelo Grünwald estas ideala por promenadoj kaj migroj. La pejzaĝo ĉirkaŭ la kastelo estas karakterizita de arbaroj kaj la Isar, kiu fluas tra la areo. Multaj migrovojoj kondukas tra la pitoreska ĉirkaŭaĵo kaj ofertas ŝancon ĝui la naturon.

Familia Amika Ekskurso

Kastelo Grünwald estas ankaŭ populara celo por familioj. Infanoj povas esplori la mezepokan vivon, partopreni en gvidataj vizitoj, kaj lerni pli pri la historio de la kastelo. La kombino de edukado kaj amuzo faras la kastelon ideala ekskursloko por familioj.

Konkludo

Kastelo Grünwald estas fascina historia monumento, kiu ofertas al vizitantoj unikan enrigardon en la mezepokan historion de Bavario. Ĝi estas loko, kiu kunigas kulturon, historion, kaj naturon, kaj tiel garantias ne forgesindan ekskurson. Por ĉiuj, kiuj interesiĝas pri historio aŭ simple volas pasigi tagon en impona historia medio, Kastelo Grünwald estas nepre vizitinda.

1. Antaŭurbo - Suburb
2. Artefaktoj - Artifacts
3. Ĉasdomo - Hunting lodge
4. Ĉefturo - Main tower
5. Ĉirkaŭaĵo - Surroundings
6. Dikaj muroj - Thick walls
7. Ekskursejo - Excursion site
8. Fortikaĵo - Fortress
9. Grimpadi - To climb
10. Historiemuloj - History enthusiasts
11. Kastelkorto - Castle courtyard
12. Kirasaĵoj - Armors
13. Malliberejo - Prison
14. Migrovojoj - Hiking trails
15. Pejzaĝo - Landscape

20.   En la Olimpika Parko

John kaj Joan decidis viziti la Olimpikan Parkon, signifan lokon konatan pro sia sporta historio kaj ankaŭ pro la tragediaj eventoj de la Olimpikoj 1972.

Ili atingis la Olimpikan Parkon frumatene. La suno brilis kaj la parko estis plena de kurojantoj, biciklistoj kaj promenantoj. "La parko estas tiel vasta kaj verda," rimarkis Joan, dum ili rigardis trans la vastajn herbejojn kaj la pitoreskajn lagojn.

Ilia unua haltejo estis la Olimpia Turo. Ili supreniris per lifto kaj kiam ili atingis la vidpunkton, ili havis mirindan vidadon super Munkeno kaj la bavara pejzaĝo. "Oni povas vidi la tutan urbon," diris John impresite.

Post kiam ili ĝuis la vidadon, ili parolis pri la Olimpikoj 1972, kiuj okazis en ĉi tiu parko. Ili diskutis pri la signifo de la ludoj por Munkeno kaj la mondo de sporto. "Ĝi estis grava evento por la urbo," diris Joan.

Poste, ili atingis la tragedian temon de la islama teroratako de 1972. Ili vizitis la memorejon dediĉitan al la viktimoj. "Gravas memori tiajn eventojn, eĉ se ili estas doloraj," diris John penseme.

Post momento de silento kaj memorigo, ili daŭrigis sian promenadon. Ili pasis tra la parko, preter la sportejoj konstruitaj por la Olimpikoj. "Estas impona, kiel modernaj ĉi tiuj instalaĵoj ankoraŭ estas," rimarkis Joan.

Por tagmanĝo, ili eniris restoracion en la parko. Dum la manĝo, ili parolis pri la olimpika historio kaj la sportaj atingoj, kiuj estis festitaj tie. Ili ankaŭ diskutis pri la efikoj de terorismo sur la mondo kaj kiel grave estas lerni el la historio.

Post tagmanĝo, ili daŭre promenis tra la parko, ĝuante la pacan atmosferon kaj la belan ĉirkaŭaĵon. Ili sidis iom ĉe la bordo de unu el la lagoj kaj observis la akvobirdojn.

Malfrue posttagmeze, ili prepariĝis por la reveno. Survoje al la elirejo, ili haltis momenton por rigardi la tutan parkon. "Ĉi tiu loko rakontas tiom da malsamaj historioj," diris Joan.

Reen en Munkeno, ili ĝuis sian lastan vespermanĝon en la urbo. Ili parolis pri siaj spertoj en la Olimpika Parko kaj reflektis pri la altiroj kaj malaltiroj de la historio, kiun ili spertis tie.

Post la manĝo, ili faris lastan promenadon tra la urbo. La stratoj de Munkeno estis plenaj de vivo kaj la lumoj de la butikoj kaj restoracioj kreis varman atmosferon. Ili ĝuis la viglan etoson kaj kunportis la memorojn de sia vojaĝo.

Reen en la hotelo, ili pakkis siajn valizojn por la hejmvojaĝo. Dum ili pakkis, ili parolis pri ĉio, kion ili vidis kaj spertis dum sia vojaĝo. "Munkeno montris al ni tiom multe," diris John. "Jes, ĝi estis vojaĝo plena de historio kaj kulturo," konsentis Joan.

1. Atingo - Achievement
2. Biciklisto - Cyclist
3. Brili - To shine
4. Ĉirkaŭaĵo - Surroundings
5. Dolora - Painful
6. Herbejo - Meadow
7. Impresite - Impressed
8. Kurojanto - Runner
9. Lifto - Elevator
10. Memorejo - Memorial
11. Pacan - Peaceful
12. Pitoreska - Picturesque
13. Promenanto - Walker
14. Silento - Silence
15. Tagmanĝo - Lunch

La Teroratako dum la Olimpikoj 1972 en Munkeno

La 5-an de septembro 1972 okazis unu el la plej tragediaj epizodoj en la historio de la Olimpikoj: Teroratako dum la Olimpikoj en Munkeno, kiu kaŭzis tutmondan hororon. Ĉi tiuj eventoj lasis profundan cikatron en la historio de sporto kaj internaciaj rilatoj.

Fono de la Atako

La atako estis plenumita de palestina terororganizaĵo, konata kiel "Nigra Septembro". Ilia celo estis devigi la liberigon de pli ol 200 palestinaj prizonuloj, kiuj estis enkarcerigitaj en Israelo. La islamaj teroristoj planis preni israelajn atletojn kiel ostaĝojn por trudi siajn postulojn.

La Atako kaj la Ostaĝpreno

En la fruaj matenhoroj de la 5-a de septembro, la teroristoj eniris la Olimpikan Vilaĝon kaj prenis dek unu israelajn sportistojn, trejniston kaj oficialulojn kiel ostaĝojn. Du israelaj atletoj estis mortigitaj dum la embusko. La teroristoj postulis la liberigon de la palestinaj prizonuloj kaj aviadilon por forporti ilin kaj la ostaĝojn el Germanio.

La Reago kaj la Fino de la Ostaĝpreno

La germana polico provis negocadi kun la teroristoj kaj planis liberigan agon. Tamen, la situacio eskaladis ĉe la flughaveno Fürstenfeldbruck, kie la teroristoj kaj la ostaĝoj troviĝis. Dum la malsukcesa liberiga provo, ĉiuj ostaĝoj kaj kvin el la ok teroristoj estis mortigitaj.

La Sekvoj de la Atako

La eventoj en Munkeno 1972 havis vastajn konsekvencojn. Ili kondukis al tutmonda kondamno de terorismo kaj influis la sekurecajn aranĝojn ĉe estontaj internaciaj eventoj. Ĉi tiu atako tragike montris la vundeblecon de grandaj publikaj eventoj al terorismaj agoj.

En Israelo, la eventoj kaŭzis ondon de ĉagreno kaj kolero. Kiel reago, la israela registaro iniciatis la operacion "Kolero de Dio", celante trovi kaj mortigi la respondeculojn pri la atako.

Memorigo kaj Rememorigo

En Munkeno kaj Israelo ekzistas memorejoj, kiuj rememorigas la viktimojn de la atako. Ĉi tiuj lokoj funkcias kiel averto pri la neceso de paco kaj sekureco en la mondo. La memoro pri la atako dum la Olimpikoj 1972 restas grava parto de la historio, kiu emfazas la gravecon de batalado kontraŭ terorismo kaj antaŭenigado de kompreno kaj toleremo.

Konkludo

La teroratako dum la Olimpikoj 1972 en Munkeno staras kiel malgaja ekzemplo de la detruo kaŭzita de malamo kaj ekstremismo. Ĝi estas evento, kiu rememorigas nin pri la graveco de konstanta defendado de paco kaj sekureco kaj alttenado de la valoroj de sporto - justeco, respekto kaj interpopola kompreniĝo.

1. Atako - Attack
2. Cikatron - Scar
3. Devoligi - To force the release
4. Embusko - Ambush
5. Enkarcerigita - Imprisoned
6. Eskaladi - To escalate
7. Fono - Background
8. Internaciaj rilatoj - International relations
9. Kondamno - Condemnation
10. Negocadi - To negotiate
11. Ostaĝo - Hostage
12. Prizonulo - Prisoner
13. Sekvoj - Consequences
14. Terororganizaĵo - Terrorist organization
15. Vundebleco - Vulnerability

21.　Koncentrejo Dachau

John kaj Joan decidis fini sian restadon en Munkeno per vizito al la koncentrejo Dachau. Estis grave por ili viziti ĉi tiun historie signifan lokon por pli bone kompreni la historion kaj por esprimi sian respekton al la viktimoj de la Holokaŭsto.

Fruematene ili ekvojaĝis al Dachau. Dum la vojaĝo, pripensema silento regis inter ili. "Mi kredas, ke ĉi tiu vizito estos tre emocia," diris Joan mallaŭte.

Alveninte en Dachau, la simpla kaj serioza atmosfero de la loko kaptis ilin. La enireja pordego kun la cinika surskribo "Arbeit macht frei" (Laboro liberigas) estis premanta. "Malfacilas kredi, ke ĉi tie okazis tiom da sufero," diris John, pasante la pordegon.

Ili komencis sian rondiron tra la tendaro. La ekspozicioj en la muzeo dokumentis la vivon en la tendaro, la nehomajn kondiĉojn, sub kiuj la malliberuloj vivis, kaj la kruelaĵojn, kiuj estis faritaj tie. Fotoj, personaj objektoj de la malliberuloj kaj skribaj raportoj igis la terurojn palpeblaj.

John kaj Joan silente marŝis tra la ekspoziciejoj, profunde tuŝitaj de la rakontoj kaj destinoj, kiujn ili malkovris tie. "Estas tiel grave, ke ni memoras ĉi tiujn eventojn," diris Joan.

Poste ili vizitis la memorejojn en la areo, inkluzive de la Internacia Memorejo kaj la diversaj religiaj monumentoj. Ĉe ĉiu loko, ili haltis por mediti kaj memori.

Ili ankaŭ pasis preter la restaĵoj de la barakoj, kiuj donis impreson pri kiom limigita kaj malfacila estis la vivo en la tendaro. "Vidi ĉi tion igas ĝin eĉ pli reala," rimarkis John.

Unu el la plej moviĝaj momentoj de ilia vizito estis la promenado laŭ la "Mortoaleo", kie malliberuloj estis kondukataj al ekzekuto. La silento de la loko kaj la scio pri tio, kio okazis tie, estis superfortaj.

Por tagmanĝo, ili revenis al la vizitcentro. Dum la manĝo, ili apenaŭ parolis. Ambaŭ estis enpensaj, prilaborante la emociajn impresojn de la tago.

Post la manĝo, ili vizitis la kremaciejon. La vido de la fornoj kaj la cindro estis ŝoka kaj lasis ilin senparolaj. "Tio estas tiel malfacile komprenebla," flustris Joan.

Je la fino de ilia vizito, ili staris antaŭ la monumento, kiu memorigas la viktimojn de la Holokaŭsto. Ili prenis momenton por reflekti kaj memori. "Ni neniam devas forgesi tion, kio ĉi tie okazis," diris John.

Forlasante Dachau, ili sentis sin elĉerpitaj, sed ankaŭ pli klerigitaj. La sperto viziti ĉi tiun lokon lasis profundan impreson sur ili.

Dum la revenvojaĝo al Munkeno, ili parolis pri la graveco de memorigo kaj pri kiel grave estas lerni el la historio. Ili konsentis, ke la vizito al Dachau estis esenca kaj moviĝa parto de ilia vojaĝo.

Reen en Munkeno, ili pasigis trankvilan vesperon, ankoraŭ pripensante pri sia tago en Dachau. Ili estis dankemaj por la ŝanco viziti ĉi tiun historie gravan lokon kaj honori la memoron de la viktimoj.

1. Atmosfero - Atmosphere
2. Barakoj - Barracks
3. Cindro - Ash
4. Cinika - Cynical
5. Destinoj - Destinies
6. Ekzekuto - Execution
7. Enireja - Entrance
8. Enpensa - Pensive
9. Fornoj - Furnaces
10. Kremaciejo - Crematorium
11. Malliberuloj - Prisoners
12. Memorejo - Memorial
13. Nehomaj - Inhumane
14. Pordego - Gate
15. Rondiro - Tour

La Koncentrejo Dachau: Loko de Memorigo

La koncentrejo Dachau, proksime al Munkeno, estis la unua daŭre establita koncentrejo de la nacisocialistoj kaj hodiaŭ staras kiel simbolo de la kruelaĵoj de la NS-reĝimo. Ekde ĝia liberigo en 1945, la tendaro servas kiel memorigo kaj memoro, por rememori la viktimojn de la Holokaŭsto kaj la NS-terorregado.

Historio de la Koncentrejo Dachau

La tendaro estis establita en 1933, baldaŭ post la alpovo de Adolf Hitler. Origine ĝi servis por la enkarcerigo de politikaj kontraŭuloj de la NS-reĝimo, inkluzive de komunistoj, socialdemokratoj, kaj sindikatistoj. Tamen, dum la jaroj, ankaŭ Judoj, Sinti kaj Romaoj, samseksemuloj, Atestantoj de Jehovo, kaj aliaj grupoj konsiderataj kiel "rase" aŭ "socie" nedezirindaj estis deportitaj tien.

Dachau servis kiel modelo por ĉiuj postaj koncentrejoj kaj estis trejnludejo por SS-gardistoj. La malliberuloj estis devigitaj al deviga laboro kaj devis vivi sub nehomaj kondiĉoj. Malsato, malsanoj, deviga laboro, kaj la brutaleco de la gardistoj kaŭzis multajn mortojn.

La Liberigo de la Tendaro

La tendaro estis liberigita la 29-an de aprilo 1945 de usonaj trupoj. La soldatoj trovis milojn da supervivintaj malliberuloj en ŝoka stato. La liberigo de Dachau estis por la monda publiko ŝoka vido en la amplekson de la NS-krimoj.

Dachau hodiaŭ: Memorejo

Hodiaŭ la iamaj koncentrejo Dachau estas memorejo, kiun ĉiujare vizitas multaj homoj el la tuta mondo. La memorejo inkluzivas muzeon, kiu dokumentas la historion de la tendaro kaj la sorton de la malliberuloj, kaj ankaŭ konservitajn konstruaĵojn kiel la barakojn, la kremaciejon, kaj la paflokon.

La Signifo de Memorigo

La memorejo Dachau servas ne nur kiel rememorigo pri la viktimoj, sed ankaŭ kiel averto, ke tiaj krimoj neniam denove okazu. Ĝi estas loko por lernado kaj reflekto pri la danĝeroj de malamo, netoleremo, kaj diktaturoj. Vizitantoj povas lerni pli pri la malluma historio de nacisocialismo kaj kompreni la gravecon de demokratio kaj homaj rajtoj.

Konkludo

La koncentrejo Dachau estas grava loko de la germana historio. Ĝi memorigas nin pri la teruroj de nacisocialismo kaj la graveco de aktive defendi liberecon, justicon, kaj homan dignon. Vizito en Dachau estas profunde movanta sperto, kiu instigas al pripensado kaj subtenas la signifon de memorigo kaj memoro en nia socio.

1. Averto - Warning
2. Brutaleco - Brutality
3. Diktaturoj - Dictatorships
4. Enkarcerigo - Imprisonment
5. Konservitaj - Preserved
6. Kruelaĵoj - Cruelties
7. Libereco - Freedom
8. Memorigo - Commemoration
9. Mortojn - Deaths
10. Nacisocialistoj - Nationalsocialists
11. Nehomaj - Inhumane
12. Pafloko - Shooting range
13. Reflekto - Reflection
14. Sindikatistoj - Unionists
15. Tendaro - Camp

22.   Popolŝtato Bavario

Estis nebula mateno en Munkeno, kiam John kaj Joan decidis sekvi la spurojn de la mallonga, sed signifa historio de la Popolŝtato Bavario. Ĉi tiu socialisma ŝtato ekzistis nur mallongan tempon post la Unua Mondmilito, tamen ĝia historio lasis profundajn spurojn en la urbo kaj en la bavara kulturo.

"Mi legis, ke post la milito multaj homoj estis malkontentaj kaj esperis pri grandaj ŝanĝoj en Bavario," diris Joan, dum ili iris al malgranda muzeo dediĉita al la epoko de la Popolŝtato.

En la muzeo, ili rigardis multnombrajn eksponaĵojn, kiuj prezentis la turbulentan tempon post la milito. Fotoj, dokumentoj kaj personaj objektoj rakontis la historion de la mallonga socialisma eksperimento en Bavario. "Estas fascine, kiel rapide ŝanĝiĝis la politika pejzaĝo en tiu tempo," rimarkis John.

Parto de la ekspozicio estis dediĉita al la ĉefaj figuroj de la Popolŝtato, inkluzive de Kurt Eisner kaj Eugen Leviné. Iliaj vivrakontoj kaj politikaj ideoj estis kaptivaj. "Ili havis viziajn ideojn, sed estis ankaŭ multaj defioj kaj rezistoj," diris Joan.

John kaj Joan legis pri la eventoj, kiuj kondukis al la falo de la Popolŝtato, kaj pri la establado de socialisma diktaturo. "Estis tiom da politika tumulto kaj konfliktoj en tiu tempo," diris John.

Post la vizito al la muzeo, ili promenis tra la stratoj de Munkeno kaj vizitis lokojn, kiuj ludis gravan rolon en la historio de la Popolŝtato. Ili staris antaŭ la konstruaĵo, kie la Popolŝtato estis proklamita, kaj provis imagi, kiel ĝi devis esti tiam.

Por tagmanĝo, ili eniris kafejon. Dum ili manĝis, ili diskutis pri la signifo de la Popolŝtato Bavario por la germana historio. "Ĝi montras, kiel kompleksa kaj multfaceteca estis la historio post la Unua Mondmilito," diris Joan.

Posttagmeze, ili vizitis la tombon de Kurt Eisner, kiu estis murdita dum sia mandatperiodo kiel ĉefministro. Ili staris momenton en silento, pensante pri la tragedio kaj la heredaĵo de lia politiko.

Poste, ili iris al monumento, kiu memorigas pri la viktimoj de politika perforto dum tiu tempo. "Gravas memori la viktimojn kaj lerni el la historio," diris John.

Kiam la tago finiĝis, ili pripensis, kiel la mallonga historio de la Popolŝtato Bavario influis la pli postan evoluon de Germanio. "Ĝi estis tempo de grandaj ŝanĝoj kaj transformoj," diris Joan.

Reen en sia hotelo, ili reflektis pri sia tago. Ili konsentis, ke kompreni la kompleksan kaj ofte doloran historion estas grave por pli bone kompreni la nuntempon. Kun tiuj pensoj, ili endormiĝis, pretaj por sia hejmvojaĝo la sekvan tagon. Ili prenis kun si la memoron pri grava parto de la germana historio.

1. Diktaturo - Dictatorship
2. Eksperimento - Experiment
3. Ekspozicio - Exhibition
4. Epo - Era
5. Falo - Fall
6. Figuroj - Figures
7. Historio - History
8. Kafejo - Café
9. Kulturo - Culture
10. Malkontenta - Dissatisfied
11. Mandatperiodo - Term of office
12. Memorigo - Commemoration
13. Milito - War
14. Monumento - Monument
15. Politika pejzaĝo - Political landscape

Popolŝtato Bavario: Rapida Rigardo al la Socialisma Diktaturo

En la germana historio, la Popolŝtato Bavario okupas specialan lokon. Post la Unua Mondmilito, en tempo de grandaj politikaj ŝanĝiĝoj, en Bavario por mallonga periodo ekzistis socialisma diktaturo. Ĉi tiu ĉapitro de la bavara historio estis karakterizita de politika ŝanĝo kaj sociaj konfliktoj.

Fono de la Kreado

La Popolŝtato Bavario estis fondita post la fino de la Unua Mondmilito kaj la kolapso de la imperiestra reĝimo. La Novembra Revolucio de 1918 kondukis al la falo de la monarĥio en Germanio kaj al la proklamo de la Vajmara Respubliko. En Bavario, la Wittelsbacha monarĥio estis aboliciita kaj estis formita socialisma registaro.

La Bavara Konsilantaro-Respubliko

En aprilo 1919, la Bavara Konsilantaro-Respubliko (Räte en la rusa: Soviet) estis proklamita, socialisma registara formo bazita sur la konsilantara sistemo. Ĉi tiu registara formo estis inspirita de la rusa revolucio kaj devis prezenti alternativon al burĝa demokratio. Tamen, la Konsilantaro-Respubliko en Bavario estis de mallonga daŭro kaj karakterizita de politikaj luktoj kaj tumultoj.

Konfliktoj kaj Falo de la Konsilantaro-Respubliko

La Bavara Konsilantaro-Respubliko estis sub premo ekde la komenco. Estis konfliktoj kun konservativaj fortoj ene de Bavario kaj ankaŭ kun la registaro de la imperio en Berlino. Aldone, estis internaj disputoj inter moderaj socialistoj kaj pli radikalaj komunistaj grupoj.

En majo 1919, la Konsilantaro-Respubliko estis perforte renversita de Freikorps-unuoj, kiuj estis subtenataj de la germana imperia registaro. Tio kondukis al sangaj bataloj en Munkeno kaj al la fino de la socialisma regado en Bavario.

Sekvoj por Bavario kaj Germanio

La mallonga periodo de la Bavara Konsilantaro-Respubliko havis longdaŭrajn efikojn al la politika pejzaĝo en Bavario kaj en tuta Germanio. Ĝi plifortigis la politikan polarizon kaj kontribuis al atmosfero de malstabileco kaj malfido, kiu regis en la sekvantaj jaroj en Germanio.

Memorigo kaj Signifo

Hodiaŭ, la Bavara Konsilantaro-Respubliko ofte estas konsiderata en la germana historio kiel ekzemplo de la politikaj eksperimentoj kaj tumultoj de la postmilita tempo. Ĝi estas memorata kiel grava, kvankam kontroversa ĉapitro en la historio de Bavario kaj Germanio.

Konkludo

La Bavara Konsilantaro-Respubliko estis mallonga, sed signifa evento en la germana historio. Ĝi montras, kiel en tempoj de politikaj kaj sociaj ŝanĝoj radikalaj ideoj kaj eksperimentoj povas aperi. La historio de la Popolŝtato Bavario estas ekzemplo de la komplekseco kaj diverseco de la politika historio de Germanio en la 20-a jarcento.

1. Aboliciita - Abolished
2. Alternativo - Alternative
3. Atmosfero - Atmosphere
4. Bataloj - Battles
5. Burĝa - Bourgeois, relating to the middle class
6. Diktaturo - Dictatorship
7. Falo - Fall
8. Freikorps - Paramilitary units
9. Imperiestra - Imperial
10. Kolapso - Collapse
11. Konfliktoj - Conflicts
12. Konsilantaro - Council system
13. Monarĥio - Monarchy
14. Polarizo - Polarization
15. Renversita - Overthrown

23.   Open-Aira Kinejo en Westpark

John kaj Joan jam multe spertis en Munkeno, sed vizito al la open-aira kinejo en Westpark ankoraŭ estis sur ilia listo. Ili aŭdis pri ĉi tiu speciala kineja sperto sub la malferma ĉielo kaj estis ekscititaj ĉe la ideo vidi filmon sub la steloj.

Estis varma somera vespero, kiam ili iris al Westpark. "Mi esperas, ke ili montros bonan filmon," diris Joan, dum ili promenis tra la parko. La atmosfero en la parko estis vigla, kun homoj sidantaj sur piknikaj tapiŝoj kaj antaŭĝojantaj la filmon.

Alveninte al la open-aira kinejo, ili trovis komfortan lokon sur la herbo. Ili etendis sian tapiŝon kaj komfortiĝis kun kelkaj manĝaĵetoj. "Tio estas vere bonega ideo, montri filmojn ekstere," diris John, dum li rekuŝiĝis.

La filmo komenciĝis kaj ili rapide mergiĝis en la rakonton. Ĝi estis klasika germana filmo, kiu perfekte taŭgis al la atmosfero de la open-aira kinejo. Dum la filmo, ili interŝanĝis komentojn kaj pensojn kaj ĝuis la specialan sperton.

Kontraŭ la fino de la filmo, subite aperis mallumaj nuboj. Ili rimarkis, kiel la vento plifortiĝis kaj la folioj de la arboj bruadis. "Ŝajnas, ke ŝtormo venas," rimarkis Joan maltrankvile.

Apenaŭ ŝi finis paroli, ekpluvis. Komence estis nur kelkaj gutoj, sed en mallonga tempo la malforta pluvo fariĝis intensa ŝtormo. "Ni pli bone rapide pakas niajn aĵojn," diris John, saltante supren.

Ili rapide pakis sian tapiŝon kaj manĝaĵetojn, dum ĉirkaŭe la ŝtormo fariĝis pli kaj pli forta. La pluvo falis dense sur ilin kaj la vento blovis forte. La aliaj vizitantoj de la open-aira kinejo ankaŭ kuris ĉirkaŭe serĉante ŝirmejon.

"Ni kuru sub tiun arbon tie!" kriis Joan, montrante al granda arbo ĉe la rando de la open-aira kinejo. Ili kuris al la arbo kaj trovis ŝirmejon kontraŭ la pluvo sub ĝi.

Starante sub la arbo, ili ridis pri la neatendita turniĝo de sia kineja vespero. "Tio estas definitive kineja sperto, kiun ni ne baldaŭ forgesos," diris John, provante elpremi la akvon el siaj haroj.

Kiam la ŝtormo mildiĝis, ili decidis, ke estis tempo hejmeniri. Ili iris tra la malseka parko, ankoraŭ ridante pri sia nekredebla kineja sperto.

Reveninte al sia hotelo, ili pendigis siajn malsekajn vestojn por sekiĝi kaj preparis sin por trankvila nokto. "Malgraŭ la pluvo, ĝi estis mirinda vespero," diris Joan. "Jes, ĝi estis io tre speciala," konsentis John.

Ili endormiĝis, plenaj de memoroj pri nekutima, sed tamen bela vespero en la open-aira kinejo en Westpark.

1. Antaŭĝoja - Expectant
2. Atmosfero - Atmosphere
3. Bruado - Rustling
4. Ekscitita - Excited
5. Etendi - To spread out
6. Intensa - Intense
7. Kinejo - Cinema
8. Klasika - Classic
9. Komento - Comment
10. Maltrankvila - Anxious
11. Mergiĝi - To immerse
12. Mildiĝis - Eased
13. Pakas - To pack
14. Ŝirmejo - Shelter
15. Ŝtormo - Storm

Reĝo Ludoviko la 2-a: La Fabelreĝo de Bavario

Reĝo Ludoviko la 2-a de Bavario estas unu el la plej fascinaj kaj misterplenaj figuroj en la germana historio. Fama pro siaj grandiozaj kasteloj kaj sia amo al arto kaj muziko, lia personeco kaj lia tragika sorto restas ĝis hodiaŭ temo de granda intereso.

Frua Vivo kaj Ascendo al Reĝo

Ludoviko la 2-a naskiĝis en 1845 kiel la plej aĝa filo de Reĝo Maksimiliano la 2-a de Bavario. Li kreskis en familio, kiu tre taksis edukadon kaj arton. Ludoviko jam frue montris elstaran intereson pri la muziko de Riĉardo Vagnero kaj pri arkitekturo. En 1864, je la aĝo de nur 18 jaroj, Ludoviko ascendis al la bavara trono post la neatendita morto de sia patro.

Regado kaj Pasiono por Konstruaĵoj

Dum sia regado, Ludoviko la 2-a malmulte interesiĝis pri politiko. Anstataŭe, li fokusis sur siaj artaj kaj arkitekturaj projektoj. Li estas plej konata pro la konstruado de pluraj luksaj kasteloj en Bavario, inkluzive de Neŭŝvajnŝtejno, Linderhof, kaj Herrenĥimzee. Ĉi tiuj kasteloj estas arkitekturaj majstraĵoj kaj ĝis hodiaŭ allogas milionojn da vizitantoj.

Neŭŝvajnŝtejno: La Fabelkastelo

La kastelo Neŭŝvajnŝtejno, ofte nomata kiel la fabelkastelo, estas la plej fama konstruaĵo de Ludoviko. Ĝi estis konstruita kiel idealigita reprezentado de mezepoka kavalirokastelo kaj estas inspirita de la romantika mondo de la operoj de Vagnero. La kastelo estas fama pro sia fabela arkitekturo kaj sia pitoreska loko en la bavaraj Alpoj.

La personeco de Reĝo Ludoviko kaj lia Retiriĝo

Ludoviko estis konata pro sia timema kaj retira personeco. Li pasigis multe da tempo sole en siaj kasteloj, for de la publika vivo kaj la devoj de reĝo. Lia inklino al soleco kaj lia malintereso pri politiko kaŭzis streĉojn kun la bavara registaro kaj la nobelaro.

La Mistera Fino

La fino de la vivo de Reĝo Ludoviko estas ĉirkaŭita de misteroj. En 1886 li estis deklarita mense malsana kaj forigita de la trono. Nur kelkaj tagoj poste li estis trovita morta en la lago Starnberger, kune kun sia psikiatro. La precizaj cirkonstancoj de lia morto restas ĝis hodiaŭ neklaraj kaj objekto de spekulacioj.

Heredaĵo kaj Memorigo

Reĝo Ludoviko la 2-a lasis kompleksan heredaĵon. Kvankam lia regado estis politike nesignifa, li per siaj konstruaĵoj kaj sia subteno de la artoj lasis daŭran kulturan influon. Liaj kasteloj estas nedisigebla parto de la bavara identeco kaj simbolo de la romantika kaj sonĝoplena mondo, kiun Ludoviko tiom amis.

Konkludo

Reĝo Ludoviko la 2-a de Bavario, la Fabelreĝo, estas figuro, kiu ĝis hodiaŭ fascinas kaj inspiras. Lia pasio por la belo, lia mistera personeco, kaj lia tragika fino faras lin unu el la plej interesaj personoj en la bavara kaj germana historio. Liaj kasteloj, ĉefe Neŭŝvajnŝtejno, estas daŭra heredaĵo de liaj revoj kaj vizioj.

1. Arkitekturo - Architecture
2. Artaj - Artistic
3. Ascendo - Ascension
4. Fabela - Fabulous, mythical
5. Famoza - Famous
6. Frua Vivo - Early life
7. Grandiozaj - Grandiose
8. Heredaĵo - Legacy
9. Inklino - Inclination
10. Kavalirokastelo - Knight's castle
11. Konstruaĵoj - Buildings
12. Mense malsana - Mentally ill
13. Misterplenaj - Mysterious
14. Nobelaro - Nobility
15. Retira - Reclusive

24. Vizito al Kuracisto

Post kiam John kaj Joan pasigis ne forgesindan, kvankam malsekan vesperon en la open-aira kinejo en Westpark, Joan vekiĝis la sekvan matenon kun grata gorĝo kaj iom da febro. Ŝi sentis sin laca kaj senforta. John, zorge rigardante ŝin en la hotelĉambro, proponis viziti kuraciston.

"Mi pensas, ke estus pli bone, se ni irus al la kuracisto," diris John maltrankvile. "La vetero hieraŭ vespere estis sufiĉe malbona, kaj mi ne volas preni riskon."

Joan konsentis, kvankam ŝi sentis sin maltrankvila pri la ideo devi viziti kuraciston en fremda lando. "Mi esperas, ke ĝi ne estas io serioza," ŝi diris mallaŭte.

John demandis ĉe la hotelo pri proksima kuracisto kaj ricevis rekomendon por praktiko nur kelkaj stratoj for. Post vestiĝi, ili ekiris.

Alveninte ĉe la kuracistejo, ilin bonvenigis afabla reĝistratino. "Bonan matenon, kiel mi povas helpi vin?" ŝi demandis. John klarigis la simptomojn de Joan kaj ke ili venas el eksterlando.

"Neniu problemo, la kuracisto baldaŭ estos kun vi. Bonvolu sidi en la atendejo," diris la reĝistratino.

Dum ili sidis en la atendejo, Joan rigardis la diversajn sanbroŝurojn. Ŝi iomete nervoziĝis, ne sciante kion atendi. John provis trankviligi ŝin: "Ĉio iras bone, ni estas en bonaj manoj."

Post iom da tempo, ili estis vokitaj en la kuracistan oficejon. La kuracisto, afabla pli aĝa sinjoro, varme bonvenigis ilin. "Rakontu al mi, kio okazis," li diris angle, post kiam li eksciis, ke ili estas el eksterlando.

Joan rakontis pri la subita pluvego en la open-aira kinejo kaj kiel ŝi sentis sin poste. La kuracisto aŭskultis atente kaj poste faris profundan ekzamenon. "Ŝajnas, ke vi havas malpezan malvarmumon kaj iom da febro. Nenio serioza, sed vi devus ripozi," li diagnozis.

Li preskribis al ŝi kelkajn medikamentojn kaj konsilis trinki multe kaj ripozi. Joan sentis sin trankviligita, ke ĝi ne estis io pli malbona. "Dankon, sinjoro doktoro," ŝi diris danke.

John kaj Joan forlasis la praktikon kun la medikamentoj kaj iom da trankvileco. "Nun vi devus ripozi. Mi zorgos pri ĉio," diris John zorge.

Reen en la hotelĉambro, Joan kuŝiĝis en la lito, dum John zorgis, ke ŝi havus ĉion, kion ŝi bezonis. Li alportis al ŝi teon, legis al ŝi, kaj certigis, ke ŝi sentas sin komforta.

Joan baldaŭ endormiĝis, trankviligita de la medikamentoj kaj la zorgemo de John. Malgraŭ la neatendita malsano, ŝi sentis sin sekura kaj prizorgata. John sidis apud ŝi, legis libron, kaj estis dankema, ke al Joan jam estis pli bone.

Ĉi tiu tago ne evoluis kiel ili planis, sed ĝi montris al ili kiel grave estas zorgi unu pri la alia kaj esti tie por unu la alian, precipe kiam oni estas malproksime de hejmo.

1. Afabla - Courteous, kind
2. Ekscitita - Excited
3. Febro - Fever
4. Fremda lando - Foreign country
5. Grata - Itchy, scratchy
6. Hotelĉambro - Hotel room
7. Kuracisto - Doctor
8. Laca - Tired
9. Maltrankvila - Anxious, uneasy
10. Malseka - Wet
11. Nervoziĝis - Became nervous
12. Praktiko - Practice (medical)
13. Reĝistratino - Receptionist
14. Ripozi - To rest
15. Viziti - To visit

25. Ĝojo en Hofbräuhaus

Post kiam Joan resaniĝis de sia malvarmumo, John kaj ŝi decidis pasigi sian lastan vesperon en Munkeno en la fama Hofbräuhaus. Ili aŭdis pri la legenda etoso de ĉi tiu loko kaj estis scivolemaj sperti la tradician bavaran bierdomon mem.

Enirante Hofbräuhaus, ili tuj estis kaptitaj de la vigla kaj ekscitita etoso. Longaj lignaj tabloj estis plenigitaj de homoj, kiuj ridis, trinkis, kaj ĝuis la kompanion. Sur la muroj pendis bavaraj flagoj kaj historiaj pentraĵoj, kiuj prezentis la riĉan historion de la loko.

"Rigardu, tie estas libera tablo," diris Joan, montrante al loko proksime de la scenejo, kie ludis blovmuzika orkestro. Ili sidiĝis kaj mendi du Maß da biero. "Ĉi tio vere estas impona loko," diris John, ĉirkaŭrigardante.

La blovmuzika orkestro komencis ludi, kaj la muziko plenigis la tutan ĉambron. La muzikistoj portis tradiciajn lederhosen kaj ludis klasikajn bavarajn kantojn, kiuj instigis kelkajn el la gastoj al kunkantado.

"La muziko estas tiel ĝoja, vi simple ne povas ne partopreni," diris Joan ridetante, dum ŝi aplaŭdis al la melodioj. Baldaŭ, kelkaj el la gastoj ĉirkaŭ ili komencis danci. Malgraŭ sia komence rezervo, John kaj Joan lasis sin esti kaptitaj de la etoso kaj aliĝis al la dancantoj.

Dum ili dancis, ili ridis kaj ŝercis, tute mergiĝinte en la ĝojo kaj la "Gaudi", la bavara vorto por amuzo kaj plezuro. "Mi ne atendis, ke ĉi tie estos tiel vivoplene," diris Joan senhalte post kelkaj dancoj.

Post la danco, ili revenis al sia tablo kaj mendi bavarajn specialaĵojn por manĝi - Weißwürste, bretzelojn, kaj Obatzda. "La manĝaĵo estas fantastika," diris John, mordante en Weißwurst.

Dum la manĝo, ili interparolis kun kelkaj lokanoj ĉe la apuda tablo. Ili interŝanĝis rakontojn kaj lernis pli pri la kulturo kaj tradicioj de Bavario. "Estas tiel interese aŭdi la rakontojn de la homoj ĉi tie," diris Joan.

Kiel la vespero progresis, ili ĝuis pli da muziko, ridis kaj babilis kun siaj novaj konatoj. La tempo rapide pasis, kaj antaŭ ol ili rimarkis, estis malfrue.

"Ĉi tio estis la perfekta fino de nia vojaĝo," diris Joan, forlasante Hofbräuhaus. "Jes, ĝi estis ne forgesinda vespero," konsentis John.

Survoje reen al sia hotelo, ili reflektis pri sia tempo en Munkeno. Malgraŭ kelkaj neatenditaj turnoj, ĝi estis vojaĝo plena de novaj spertoj, kulturo, kaj ĝojo.

Alveninte en sian hotelĉambron, ili pakkis siajn valizojn por la hejmvojaĝo la sekvan matenon. Ili endormiĝis, plenaj de memoroj pri la muziko, la danco, kaj la varmeco, kiujn ili spertis en Hofbräuhaus. Ĝi estis digna fino de ilia tempo en la bavara ĉefurbo.

1. Amuzo - Fun, amusement
2. Bierdomo - Beer hall
3. Blovmuzika orkestro - Brass band
4. Bretzeloj - Pretzels
5. Danci - To dance
6. Etoso - Atmosphere, mood
7. Flagoj - Flags
8. Gaudi - Fun, enjoyment (Bavarian slang)
9. Kaptita - Captured, caught up
10. Klasika - Classic
11. Kunkantado - Sing-along
12. Lederhosen - Traditional leather trousers
13. Obatzda - Bavarian cheese delicacy
14. Pentraĵoj - Paintings
15. Scivolema - Curious

La Hofbräuhaus en Munkeno: Peco de Bavara Historio kaj Kulturo

La Hofbräuhaus en Munkeno estas multe pli ol nur gastejo; ĝi estas peco de vivanta Bavara historio kaj simbolo de la Bavara vivmaniero. Ekde ĝia fondo en la jaro 1589, ĝi evoluis al unu el la plej konataj kaj popularaj bierdomoj tutmonde kaj allogas jare milionojn da vizitantoj el la tuta mondo.

La Fondiĝo de la Hofbräuhaus

La Hofbräuhaus estis fondita en 1589 de Duko Vilhelmo la 5-a de Bavario. La duko estis malkontenta kun la kvalito de la biero, kiu tiutempe estis farita en Munkeno, kaj decidis konstrui sian propran bierfarejon por provizi la kortegon kaj la munkenan loĝantaron per alta kvalita biero. La originala Hofbräuhaus troviĝis ĉe Platzl, en la koro de la malnova urbo de Munkeno, kaj ĝis hodiaŭ situas en tiu loko.

La Hofbräuhaus tra la Jarcentoj

Tra la jarcentoj, la Hofbräuhaus estis plurfoje pligrandigita kaj rekonstruita. Ĝi superis militojn, incendiojn kaj politikajn ŝanĝojn. En la frua 19-a jarcento, la Hofbräuhaus fariĝis publika loko, kiu ne nur ofertis bieron, sed ankaŭ bavarajn specialaĵojn. Ĝi rapide fariĝis renkontiĝejo por lokanoj kaj vojaĝantoj, kiuj volis sperti bavaran gastamecon kaj vivĝojon.

La Arkitekturo kaj Ambiento

La nuna konstruaĵo de la Hofbräuhaus, konstruita komence de la 20-a jarcento, estas impona ekzemplo de tradicia bavara arkitekturo. Kun siaj altaj plafonoj, longaj lignaj tabloj kaj freskoj, kiuj prezentas scenojn el la bavara historio kaj kulturo, ĝi ofertas nekompareblan ambiencon. La fama Schwemme, la plej granda salono de la Hofbräuhaus, povas gastigi ĝis 1000 vizitantojn.

La Biero kaj la Manĝaĵoj

Kompreneble, la kerno de la Hofbräuhaus estas la biero. La gastoj povas ĝui diversajn tradiciajn bavarajn bierojn, inkluzive la faman Hofbräu Original. Kune kun tio, tipaj bavaraj pladoj kiel Haxn (porka kruro), brecleroj, Obatzda (bavara fromaĝa ŝmiraĵo) kaj blankaj kolbasoj estas servataj. La Hofbräuhaus estas ankaŭ konata pro sia viva blovmuziko, kiu kontribuas al la komforta kaj ekscitita atmosfero.

La Hofbräuhaus Hodiaŭ

Hodiaŭ, la Hofbräuhaus ne nur estas populara inter turistoj, sed ankaŭ estas ŝatata renkontiĝloko por la munkenanoj. Ĝi regule gastigas kulturajn eventojn kaj festadojn, tiel kontribuante al la konservado de bavaraj tradicioj. La Hofbräuhaus estas pli ol bierdomo; ĝi estas loko, kie historio, kulturo kaj socieco unikaĵe kunvenas.

Konkludo

La Hofbräuhaus en Munkeno estas deviga vizitinda loko por ĉiu vizitanto de la urbo. Ĝi ofertas la eblecon mergiĝi en la riĉan bavaran kulturon, ĝui tradiciajn manĝaĵojn kaj trinkaĵojn, kaj esti parto de jarcenta tradicio. Kiel unu el la plej famaj simboloj de Munkeno, la Hofbräuhaus reprezentas la bavaran vivĝojon kaj gastamecon.

1. Ambiento - Atmosphere
2. Bierdomo - Beer hall
3. Biero - Beer
4. Freskoj - Frescoes
5. Gastameco - Hospitality
6. Gastejo - Inn, tavern
7. Historio - History
8. Kulturo - Culture
9. Legenda - Legendary
10. Lignaj tabloj - Wooden tables
11. Plafonoj - Ceilings
12. Pligrandigita - Expanded
13. Publika loko - Public place
14. Renkontiĝejo - Meeting place
15. Vivmaniero - Way of life

26.   La Hejmvojaĝo

La lasta tago de la vojaĝo de John kaj Joan en Munkeno alvenis. Ili leviĝis frue por prepari sin por sia hejmvojaĝo. Ilia flugo estis planita por malfrua mateno, do ili havis iom da tempo por trankvile paki kaj forlasi la hotelĉambron.

"Mi ne povas kredi, ke nia vojaĝo jam finiĝis," diris Joan, dum ŝi fermis sian valizon. "Jes, la tempo vere rapide pasis," respondis John. Post kiam ili elĉekis, ili vokis taksion por veturi al la flughaveno.

La taksi alvenis ĝustatempe, kaj ili ŝarĝis sian bagaĝon. Dum la veturo al la flughaveno, ili babilis kun la taksisto pri siaj spertoj en Munkeno. "Vi nepre devas reveni," diris la ŝoforo, kiam ili alvenis al la flughaveno.

John pagis por la taksia veturo kaj donis trinkmonon. Poste ili prenis sian bagaĝon kaj direktiĝis al la registriĝkontuoro. La vico ne estis tro longa, kaj baldaŭ ili registriĝis sian bagaĝon kaj havis siajn enirpermesilojn enmane.

"Nun ni nur devas trapasi la pasportkontrolon," diris Joan. Ili sekvis la signojn kaj eniris la vicon. La sekureckontrolo okazis glate, kaj ili pasis la pasportkontrolon en la forirareon.

"Mi povus uzi ion por manĝi," diris John. Ili trovis malgrandan kafejon kaj sidiĝis por mallonga manĝo. "Estas stranga pensi, ke ni estos hejme post kelkaj horoj," diris Joan.

Post manĝi, ili iris al sia forirpordego. Ili ne devis longe atendi antaŭ ol la surŝipigo komenciĝis. En la aviadilo, ili trovis siajn sidlokojn kaj komfortiĝis.

Dum la flugo, ili spektis filmon kaj manĝis la surtablan manĝon. La filmo estis amuza, kaj la manĝo estis nekredeble bona. Meze de la filmo, tamen, ili rimarkis tumulton kelkaj vicoj antaŭ ili.

Ebria pasaĝero kaŭzis problemojn kaj rifuzis sidiĝi. La kabina personaro rapide intervenis kaj trankviligis la situacion. "Ĉiam ekzistas iom da ekscito," flustris Joan.

La resto de la flugo pasis sen pliaj incidentoj. Kiam la aviadilo alteriĝis, ili sentis sin faciligitaj kaj iomete elĉerpitaj. Ili elŝipiĝis, kolektis sian bagaĵon kaj direktiĝis al la elirejo.

"Ni estas denove hejme," diris John, elirante el la flughafena konstruaĵo. Ili estis lacaj, sed feliĉaj pro la multaj belaj spertoj kaj memoroj, kiujn ili kunportis el Munkeno.

Sur la hejmenvojo, ili interŝanĝis rakontojn kaj jam planis sian sekvan vojaĝon. Malgraŭ la laceco, ili estis dankemaj por la miranda tempo, kiun ili pasigis kune, kaj antaŭĝojis malkovri novajn lokojn baldaŭ.

1. Babilis - Chatted
2. Elĉekis - Checked out (from the hotel)
3. Enirpermesiloj - Boarding passes
4. Forirpordego - Departure gate
5. Hejmvojaĝo - Journey home
6. Hotelĉambro - Hotel room
7. Incidentoj - Incidents
8. Kafejon - Cafe
9. Pasportkontrolo - Passport control
10. Registriĝkontuoro - Check-in counter
11. Sekureckontrolo - Security check
12. Ŝarĝis - Loaded (their luggage)
13. Surŝipigo - Boarding
14. Taksisto - Taxi driver
15. Trinkmono - Tip

More Esperanto readers

https://www.briansmith.de/esperanto.php

Learn Esperanto with Science Fiction